I0657221

HISTOIRE POÉTIQUE

DE LA

BIENHEUREUSE MARGUERITE-MARIE

8° Ye.
4806

HISTOIRE POÉTIQUE

DE LA

BIENHEUREUSE MARGUERITE-MARIE

VIERGE VISITANDINE

PAR

UNE PAUVRE CLARISSE

Du Monastère de Sainte-Claire de l'Ave-Maria de Bordeaux-Talence

Je possède en tout temps et j'emporte en tout lieu
Et le Dieu de mon cœur et le cœur de mon Dieu !

BIENHEUREUSE MARGUERITE-MARIE.

BOURG
IMPRIMERIE VILLEFRANCHE
1897

SRDAG, SC
GENEVE

BIBL.R.P. BALE

B. MARGUERITE-MARIE ALACOQUE

VIERGE VISITANDINE

PERMIS D'IMPRIMER

Belley, le 10 décembre 1896.

† LOUIS-JOSEPH, *évêque de Belley.*

DÉCLARATION

———

*Nous déclarons, relativement aux termes
d'éloge* [1] *ou de vénération appliqués à la Bienheureuse et à d'autres pieux personnages, aussi
bien que pour les vertus surnaturelles, les
faits miraculeux et les communications divines dont il est question dans notre* Histoire
poétique de la Bienheureuse Marguerite-Marie,
*nous conformer absolument et entièrement au
décret d'Urbain VIII, soumettant au jugement
du Saint-Siège apostolique et du Vicaire infaillible de Jésus-Christ, l'appréciation de la
doctrine et celle des faits contenus dans cet
ouvrage, et y soumettant pleinement notre
personne.*

[1] Nous déclarons que la qualification de *Sainte,* attribuée souvent
par nous à la Bienheureuse Marguerite-Marie, ne saurait préjudicier
en rien aux droits et aux jugements de l'Eglise à qui seule il appartient de statuer sur telle matière.

DÉDICACE

A MA NIÈCE TRÈS AIMÉE

LAURE MONLEZUN

ET

A MES TROIS MARGUERITES

MARGUERITE LEMAIRE, MARGUERITE DUBOIS, MARGUERITE NIVOIT

SONNET

Plus blanches que les fleurs dont s'étoilent nos prés,
Plus vierges que le lis êtes-vous, jeunes filles !
Plus que les boutons d'or en nos champs diaprés,
Vous brillez, chastes fleurs, au sein de nos familles.

Votre âme délicate et votre cœur pieux
Garderont, je le sais, la mémoire fleurie
De cette fleur du Christ que la terre et les Cieux
Exaltent sous ce nom : Marguerite-Marie !

Et moi, pour l'honorer, j'ai travaillé bien peu,
Mais ces faibles accords de ma lyre hardie,
Fillettes, les voilà, mon cœur vous les dédie.

A genoux, je demande au Cœur de l'Homme-Dieu
De toutes vous bénir, jeunes filles que j'aime :
Et vous, demandez-Lui de me bénir moi-même !

                              UNE PAUVRE CLARISSE.

                    2 juillet 1896.

          En la fête de la Visitation de Notre-Dame.

PRÉFACE

—

Il était au milieu des flammes de son pur amour, environné de Séraphins qui chantaient d'un concert admirable :

L'amour triomphe, l'amour jouit,
L'a.; our du Saiut Cœur réjouit !

(*Vie et Œuvres de la B. Marguerite-Marie*, II, 420.)

Les Séraphins sont un jour descendus du Ciel, pour faire entendre à la Bienheureuse Marguerite-Marie les plus suaves harmonies de leurs harpes d'or. C'était pour entonner sur la terre l'hymne d'amour au divin Cœur de Jésus. Les échos de Paray-le-Monial retentissent encore de ce « concert admirable », que les âmes pures et dévouées savent écouter et comprendre.

Voici qu'une humble fille du Séraphin d'Assise vient, après deux siècles écoulés, continuer ces

sublimes accents. La poésie lui a donné des ailes,
et la vertu a doublé son essor. Il fallait une vierge,
pour chanter la vierge qui fut la confidente du
Sacré-Cœur. Il fallait une âme éprise de souffrances, pour redire les ineffables douleurs parmi
lesquelles est née la plus belle dévotion des temps
modernes.

La « pauvre Clarisse » a accordé sa lyre au
diapason des chantres du Paradis. Elle veut
raconter « l'histoire » de Marguerite-Marie ; mais
sa voix monte plus haut : elle célèbre la gloire du
Dieu d'amour par des strophes triomphantes. La
vie de la Bienheureuse ne fut-elle pas, tout entière,
un drame divin ? Jésus en est le grand acteur, et
la révélation de son Cœur sacré en forme le magnifique dénouement.

Pour être exprimée par des vers charmants, la
vérité historique n'en est que plus lumineuse et
plus éclatante. Il semble que ce cadre était nécessaire pour faire ressortir le tableau ; ou plutôt, il
fallait ces guirlandes, pour orner le bouquet

« De cette Fleur du Christ que la terre et les Cieux
« Exaltent sous ce nom : Marguerite-Marie. » (*Dédicace*)

Il est de fait que nous n'avions jamais si bien
distingué les diverses phases de cette carrière
merveilleuse, dont les moindres circonstances

intéressent les amis du Cœur de Jésus. La Révérende Mère Auteur s'est souvent servi, avec avan-
tage, des remarquables travaux de Mgr Bougaud ;
mais en maint endroit, à notre avis, elle l'a sur-
passé, même en clarté et en précision. Quelqu'un
a dit que « les poètes racontent mieux que les
historiens. »

La première source de « l'Histoire poétique »
est dans une méditation attentive, profonde et
affectueuse des écrits originaux de la Bienheureuse. Derrière les murailles et les grilles de son
cloître, la modeste Ouvrière s'est attachée à ces
précieux diamants. Elle les a polis et repolis au
souffle de l'amour ; puis elle les a enchâssés dans
une poésie harmonieuse, qui en fait miroiter toutes
les facettes.

Ils nous semblent beaux, ces vers, tantôt doux
et faciles, tantôt animés et haletants ! Le rythme
en est varié et la facture sans prétention. D'ailleurs, selon les occurences, il n'y manque ni l'ac-
cent lyrique, ni le trait vigoureux, ni l'ingénue
simplicité. — « C'est de la bonne langue fran-
çaise » — nous disait quelqu'un, qui a partagé les
prémices de cette lecture.

En tout cas, le poème instruit et émeut, touche
et enchante, fait sourire et pleurer. On y trouve
tant de ravissantes joies et tant d'amères tris-

tesses !... Ce qui vaut mieux encore, ce récit
apprend à aimer le Sacré-Cœur de Jésus et à se
sacrifier pour Lui, à l'exemple de la Bienheureuse Marguerite-Marie. D'où qu'elle puisse venir
la souffrance a des charmes, quand c'est Dieu qui
la veut.

Oh! la vie de la « Sainte de Paray » n'apparaît
plus ici que comme un généreux effort vers Notre
Seigneur, pour se donner en Epouse et s'immoler
en victime. Sa devise n'était-elle pas : *Communier et souffrir ?* — La communion unie à la
réparation forme aussi tout le programme de l'Association, dont nous sommes quelque peu chargé.
C'est ce qui nous a valu d'écrire ces humbles
lignes en tête de cet ouvrage.

La lecture de « l'Histoire poétique » suscitera
des cœurs vaillants, qui voudront, à leur tour,
consoler le divin Jésus. Ceux que le céleste
Amour a blessés, ne verront pas, sans y prendre
courage, les luttes victorieuses de la Vierge de
Vérosvres, pour suivre sa vocation :

« Sans doute Marguerite entendit des reproches,
« Que lui firent, navrés, des amis et des proches ;
« Mais rien ne pouvait plus désormais l'émouvoir :
« Elle était à Jésus et le faisait bien voir.
« Ferme comme un rocher », son cœur jadis si tendre
« Hors de la Croix du Christ, ne veut plus rien entendre. »

(Chapitre IV.)

Mais au delà de ces combats, il y a d'ineffables
consolations. Marguerite-Marie en fut comblée.
Nous avons reçu, par elle, des promesses, qui
réjouissent les âmes et les transportent d'une
allégresse surhumaine. Le lecteur en trouvera
une preuve dans le « *chant de céleste amour* »
que notre poète a laissé échapper de ses lèvres
brûlantes en l'honneur du Cœur de Jésus. »

« L'homme ici bas veut en partage
« La félicité... le bonheur :
« Et moi déjà, pour héritage,
« J'en jouis au sein de son Cœur ! » *(Chapitre IV.)*

Cet hymne rappelle les plus beaux élans des
François d'Assise et des Thérèse de Jésus. Mais
la plume qui a écrit ces strophes enflammées ne
se brisera pas sur le tombeau de Marguerite-
Marie. Elle fera encore aimer *celui qui est infiniment aimable.* Elle le consolera des tristesses de
l'heure présente ; elle le vengera de ses nombreux ennemis ; elle lui suscitera des défenseurs
et des apôtres. Ceux qui luttent dans la plaine
s'encouragent à entendre l'harmonie de ces chants
inspirés par le plus pur amour.

Le Sacré-Cœur a son poète, qu'il gardera.
Cette voix séraphique est digne du Ciel ; mais elle
restera sur la terre, pour célébrer les triomphes

du Règne social de Jésus-Christ, qui est le but suprême des Révélations de Paray - le - Monial « *Oportet illum regnare !* »

Joseph ZELLE.

S. J.

Maison la Colombière, Paray-le-Monial, juin 1896.

LETTRE ADRESSÉE A L'AUTEUR

PAR

M. LE COMTE GANDELET

Chambellan de S. S. Léon XIII,
Commandeur des Ordres de St-Grégoire-le-Grand et de St-Sylvestre,
Avocat de Saint-Pierre,
Membre des Académies Pontificales de la Religion
Catholique, de la Tibérine et des Arcades.

MADAME ET RÉVÉRENDE MÈRE,

Nous savons par les Révélations de la Bienheureuse
Marguerite-Marie que Notre-Seigneur a voulu donner
au monde la dévotion au Sacré-Cœur, comme un
dernier effort de son amour pour nous, et notre dernière
ressource en ces temps de décadence. Les années que
nous venons de parcourir semblent vérifier en tout
point cette parole.

Les effroyables épreuves par lesquelles passe l'Eglise,
l'acharnement de ses ennemis, leur puissance dans le
mal, l'incrédulité aveugle et obstinée, les mépris d'une
science orgueilleuse, les blasphèmes d'une presse
éhontée, voilà le côté inquiétant, voilà les signes de
décrépitude.

Mais, d'autre part, comment ne pas se reprendre à

espérer quand on se souvient de cette parole prophé-
tique de l'immortel Pie IX : « *L'Eglise et la société
n'ont d'espérance que dans le Sacré-Cœur de Jésus,
c'est Lui qui guérira nos maux ?* » Comment ne pas
espérer quand on voit les progrès que fait chaque jour
dans les âmes la dévotion au Sacré-Cœur ? comment
même douter de la victoire finale, quand on connait les
sacrifices et les merveilles de réparation pratiqués par
tant de saintes pénitentes au fond des cloîtres ?

Et je n'en veux d'autre preuve, Madame et Révérende
Mère, que ce beau livre consacré à la Bienheureuse
Marguerite-Marie que vous publiez aujourd'hui.

Peut-être est-il indiscret de ma part de soulever un
coin du voile qui dérobe aux yeux du monde le
dévoûment et les vertus héroïques des Epouses du
Christ ? mais vous me le pardonnerez, j'ose l'espérer,
car c'est une page d'histoire et un exemple de plus à
ajouter aux Annales de la Réparation !

Il y a quelques mois, vous lisiez dans le *Messager du
Cœur de Jésus*, — aux pages des « Echos de Paray-le-
Monial » que rédige avec autant de piété que de
talent, le R. P. Zelle, S. J. — un brûlant appel adressé
aux Associés de l'Œuvre de la Réparation, dans le
but de venger la mémoire de la Bienheureuse
Marguerite-Marie, que d'odieuses calomnies avaient
essayé de ternir dans ce qu'elle a de plus pur et de
plus sacré.

Après avoir rappelé que le Cœur de Jésus est aussi
le point de mire des attaques les plus violentes et les
plus implacables des loges maçonniques : que ce

signe sacré est reproduit sur les diplômes des plus
hauts grades du rite luciférien avec le plus horrible
blasphème, l'éminent religieux dénonçait avec indigna-
tion ce que la secte infernale, depuis quelques
semaines, avait eu l'infamie de publier, à Paray,
contre le Sacré-Cœur, contre la Bienheureuse et le
V. Père de la Colombière.

« Evidemment, disait-il, il y a là un plan concerté
pour essayer d'enlever d'assaut cette place forte du
plus pur mysticisme, pour couvrir de boue cette pieuse
capitale de la dévotion moderne. Les pervers qui
emploient leur plume à une telle besogne, réussiront-
ils dans leurs affreux desseins? non, sans doute, nous
osons l'espérer. Mais encore faut-il que tous ceux qui
aiment le Cœur de Jésus, qui aiment Paray-le-Monial,
y emploient leurs plus ardentes prières et leurs plus
ferventes réparations. Nous appelons particulièrement
les supplications, les sacrifices, les pénitences des
vaillantes filles de sainte Thérèse et de sainte Claire.
Qu'elles nous aident à extirper cette contagion et à
faire cesser ce scandale! Jamais cause n'a été plus
intéressante et plus noble [1]. »

« Je voudrais, écrivait dans une lettre privée le
R. P. Zelle, susciter une sorte de ligue particulière, en
vue de réparer toutes les profanations et les sacrilèges
si nombreux contre la divine Eucharistie et le Sacré-
Cœur. Il y faudrait des âmes d'élite qui voulussent

---

[1] *Le Messager du Cœur de Jésus,* bulletin mensuel de l'Apostolat
de la prière. N° de février 1896.

employer, outre la communion, les peines et les mortifications extérieures. Ce n'est que par des souffrances et par du sang qu'il nous sera possible de consoler Notre-Seigneur et de détourner la colère de Dieu. »

Cet appel à la générosité de ces saintes pénitentes devait être entendu de toutes parts : mais il le fut plus particulièrement dans votre monastère. Toutefois, aux supplications, aux sacrifices, aux pénitences et aux souffrances sollicitées, il vous sembla, Madame et Révérende Mère, que vous deviez ajouter encore quelque chose de plus.

Le besoin de la réparation contre ces odieux pamphlets sut tirer des trésors de votre cœur une éclatante et sublime protestation. Il fallait consoler le divin Epoux : dans des pages célestes, vous avez raconté à votre tour l'histoire de la Bienheureuse ; et, par des hymnes triomphantes, vous avez chanté la gloire du Dieu d'amour.

Pouvait-on attendre moins de l'âme ardente et du cœur généreux de l'auteur de tant de livres, que les témoignages d'illustres évêques placent au rang des œuvres ascétiques du plus grand mérite ?

Cette histoire poétique de la Bienheureuse est donc avant tout une œuvre de réparation, appelée, sans nul doute, au plus grand succès.

Les lecteurs y admireront tour à tour ces tableaux suaves et ces vibrations superbes auxquelles votre âme attendrie a fait succéder des effusions si élevées et si touchantes. Vos accents séraphiques susciteront des défenseurs et des apôtres au Christ Jésus : mais ils trouveront surtout un plein écho dans le cœur de vos chères novices.

La dévotion au Sacré-Cœur est en effet comme le cachet spécial du Noviciat de Talence qui, par plus d'un côté charmant, ressemble à celui de Paray-le-Monial au temps où la Bienheureuse enflammait les âmes confiées à ses soins d'un ardent amour pour le Cœur de Jésus.

Comme les novices de Marguerite-Marie, celles de Talence goûtent par expérience la douceur de la parole de saint Ambroise : *Rien n'est si utile que d'être aimée*, et elles vont à Dieu en toute joie et générosité, se sentant portées par la tendresse de leur Mère et Maîtresse : aimer, pour elle, n'est-ce pas former aux choses saintes ?

Mais comment oublier ici la digne et noble Abbesse à laquelle vous confia le Cœur Sacré de Jésus ? Filialement unies sous sa maternelle tendresse, toutes ensemble ne faites-vous pas monter vers l'Hôte divin du Tabernacle les mêmes prières et les mêmes immolations intérieures ?

Oh ! cordialité sainte qui règne en votre cloitre béni ! c'est bien là qu'on y voit ces âmes groupées comme les grains de froment dans l'épi, puisant la sève à la même racine, s'élevant sur la même tige et mûrissant ensemble pour le même ciel.

Ne semble-t-il pas que, renouvelant les promesses faites autrefois à sainte Claire de Montefalcone, et, plus tard, à la Supérieure de Marguerite-Marie, le divin Maitre, s'adressant à votre Abbesse vénérée, ne lui redise aujourd'hui qu'à cause du grand amour qu'elle a manifesté pour son Cœur Sacré, Il lui réserve la même gloire et la même couronne ?

Veuillez recevoir, Madame et Révérende Mère, l'assurance nouvelle des sentiments les plus respectueux et les plus dévoués de votre bien humble serviteur,

COMTE GANDELET.

Château de Coligny, en la fête de la Nativité de la Bienheureuse Vierge Marie, 8 septembre 1896.

HISTOIRE POÉTIQUE

DE LA

BIENHEUREUSE MARGUERITE-MARIE

VIERGE VISITANDINE

CHAPITRE PREMIER

De la naissance de la chère Bienheureuse au jour de la fête de
sainte Madeleine. — De son gracieux séjour au château de
Corcheval et comment elle devint l'innocente proie de l'angélique pureté et du céleste amour. — Des premières douleurs de Marguerite.

Dans le mois de juillet, au jour où l'on célèbre
Le départ pour les Cieux de l'amante célèbre
    Qui donna tant d'amour,
Une enfant apparut sur la terre de France
Comme paraît la fleur en bouton d'espérance
    Quand elle voit le jour ! ...

1

Dans l'église on chantait l'hymne de Madeleine,
Quand Marguerite vint se mêler dans la plaine
          Aux roses d'ici-bas.
En ce jour Madeleine atteint la sainte rive
Où l'attend l'Eternel... Et Marguerite arrive
          En nos sombres climats !...

Or, le vingt-deux Juillet est depuis sur la terre
Une date deux fois aussi sainte que chère
          Pour tous les cœurs pieux,
Tandis que dans le Ciel la lyre des saints anges
Chante l'amour divin et les saintes louanges
          De ces filles des Cieux !

Salut, jour deux fois doux ! jour de réjouissance !
O jour de sainte mort et de sainte naissance
          Où le Christ en vainqueur
D'une main retira Madeleine à la terre
Et de l'autre créa dans la vallée amère
          Un lys du Sacré-Cœur...

Madeleine mourut sur la terre de France,
Marguerite y naquit, mais loin de la Provence,
          Au cœur de Charollais...
Ce fut à Lhautecour que notre Bienheureuse
Vint sourire à la vie en la maison pieuse
          De parents bien français.

L'enfant avait trois jours lorsque l'eau du baptême
La rendit belle et pure aux yeux des anges même,

Blanche comme la fleur,
Dont le nom virginal trahit le doux mérite,
On l'appela dès lors la vierge Marguerite
Et des anges la sœur !...

A Verosvres l'honneur d'avoir vu le mystère
De cette fleur des champs sortant du baptistère
Belle comme le jour !
Le Curé dudit lieu, l'oncle de Marguerite,
Fut le parrain choisi de la chère petite
Gloire de Lhautecour.

La marraine donna son nom et ses prières
A la charmante enfant... De Guy de Fautrières,
Seigneur de Corcheval,
C'était la noble épouse... et Dame Marguerite
De sa filleule fit la douce favorite
De son cœur libéral.

* *

A quatre ans et demi, cette sainte fillette
Etait du Bon Pasteur la blanche brebiette
Et révérait ses lois...
Prière et pureté brillent dans sa belle âme
Mais ce qu'elle a choisi, ce que son cœur réclame
C'est la pesante croix.

Oui, déjà cette enfant connaît ce mot étrange :
Mortification !.. Tout en elle se range
          Sous son sceptre de fer.
Ses tourments variés charment cette innocente,
Et ce cœur de cinq ans a la force puissante
          De parler libre et fier :

Un jour de carnaval : « Veux-tu, lui dit son frère,
« Veux-tu te déguiser ?... Changeons d'habit, ma chère,
          « Et deviens un soldat.
« Partons, plume au chapeau, dans la main une épée ,
« Et, chez les métayers, cette fière équipée
          « Va faire un coup d'Etat ! ! »

Marguerite rougit... puis, fixant Chrysostome :
« Moi — dit-elle tout bas, — prendre des habits d'homme ?...
          « C'est peut-être pécher !...
« Non, je n'en veux rien faire »... et, saintement émue,
Cette enfant de cinq ans que la crainte remue
          Résiste sans broncher !
. . . .

Jaloux de posséder quelque temps sans partage
Cette âme dont son cœur deviendra l'héritage ;
          Jésus, le roi des Cieux,
Voulut qu'à Corcheval la noble châtelaine
Réclamât sa filleule à titre de marraine
          Pour en jouir au mieux ! !

Si bien elle s'y prit, dame de Fautrières,
Si fort elle plaida par d'instantes prières

Ce procès cordial,
Que, vaincus et charmés, les époux Alacoque
Laissèrent Marguerite aller à cette époque
Habiter Corcheval...

Arracher si petite une enfant à sa mère,
N'est-ce pas, dites-moi, tristesse trop amère
Et cruauté vraiment ?...
Mais non ! car Marguerite est déjà préparée
A goûter Dieu tout seul dans l'ivresse sacrée
D'un saint isolement.

Tu peux donc t'envoler, colombe solitaire,
Vers ce nid préparé par le Dieu du Calvaire
Pour t'y cacher un temps !
Dans l'antique manoir, austère forteresse,
Abrite le secret et toute la tendresse
De tes premiers printemps !!...

*
* *

A ceux que Dieu séduit dès leur petite enfance
Il faut la solitude et le sacré silence,
Le désert au plus tôt...
Corcheval était bien la retraite choisie
Où l'âme de l'enfant allait être saisie
Par tant d'amour bientôt ! !...

Ce château séculaire était caché dans l'ombre
De splendides forêts dont la majesté sombre
      Parlait par mille voix.
Marguerite écoutait ces voix de la nature ;
Elles trouvaient écho dans son âme si pure
      Qui chantait en ces bois !

« Mon inclination — nous dit la Bienheureuse —
« Etait de me cacher dans la forêt ombreuse
      « Au silence divin. »
Mais la crainte parfois retenait Marguerite :
« Craignant de rencontrer des hommes », la petite
      « N'osait aller trop loin »...

Et le vent qui chantait dans les chênes splendides
Passait en caressant, parmi les fleurs timides,
      Marguerite au cœur d'or !
C'était du Roi Jésus la blanche pâquerette,
C'était de Corcheval la céleste fleurette
      Qu'on ignorait encor !...

Château mystérieux... charmilles ravissantes,
Zéphirs venus du ciel... ô brises caressantes,
      Echos et bois touffus,
Ne trahirez-vous rien des extases premières
Où tombait Marguerite en ces longues prières,
      Aux pieds de son Jésus !

L'amour divin poursuit, l'amour divin terrasse ! !
Que de fois l'on voyait, sur la grande terrasse

De l'antique manoir,
Marguerite accourir divinement blessée
Vers la chapelle sainte en ces lieux enchassée...
Et puis... n'en plus pouvoir !

Déjà Dieu la blessait de ses traits adorables,
Déjà le bien aimé, charmes inénarrables !
Se versait dans ce cœur !
Déjà, se croyant presque aux célestes demeures,
Marguerite, à genoux, passait de longues heures
Aux pieds de son vainqueur !

Et, sans comprendre encor ces paroles sublimes
Qui l'élevaient dès lors sur les plus hautes cîmes,
Marguerite disait :
« Je fais vœu pour toujours de chasteté parfaite »
Et, dans les saints transports de sa promesse faite,
Elle s'éternisait !...

En vain l'oiseau chantait au bord du campanile,
Et la cloche au beffroi sonnait... car, immobile,
Marguerite à genoux
Répétait : « Je suis vierge ! et vierge pour la vie,
Je garderai mon vœu... Seigneur tu m'as ravie :
Etre pur est si doux !... »

« Pureté ! Chasteté » de sa bouche de rose,
La sainte répétait toujours la même chose,
Sans pouvoir se lasser....
Et Jésus l'écoutait redire sa promesse
Dans les champs, dans les bois, aussi bien qu'à la messe,
Pour l'en récompenser !...

Du fond de son Ciboire, adorable mystère,
Le Roi du Ciel parlait à l'enfant de la terre :
      Bienheureux le cœur pur !
Instruite par son Dieu la fillette angélique
Discernait par instinct de son regard pudique
      L'innocent de l'impur...

On dit à ce sujet qu'il se trouvait deux dames,
Hôtesses du château, mais non pareilles d'âmes
      Ni semblables d'humeur ;
L'une était fort sévère et parfois bien grondeuse ;
L'autre aimable à ravir, charmante, gracieuse ;
      Et sans nulle froideur !

Ces deux dames devaient, chacune à tour de rôle,
Instruire Marguerite ; exercer leur contrôle
      Sur l'enfant, en tout point ;
Or, celle-ci toujours fuyait la dame aimable
Pour se réfugier près de l'insociable !
      On ne comprenait point ! !

Mais la suite fit voir qu'en cela Marguerite
Avait su distinguer, la vertu, le mérite
      Du vice bien caché !
Car l'on apprit plus tard que la charmante dame
Se conduisait fort mal... et noire était son âme
      Vivant dans le péché !...

*
* *

Marguerite si pure aimait beaucoup Marie ;
Peut-on aimer Jésus sans sa mère chérie
    Qui vers lui nous conduit ?
Non ! car ces deux amours sont la vie en nos âmes,
Vouloir éteindre en nous une de ces deux flammes,
    C'est appeler la nuit.

« Les genoux nus en terre » — a dit la Bienheureuse —
A la Vierge j'offrais en guirlande pieuse
    Des *Ave* tous les jours »
Or, la Vierge jamais n'a laissé sur la terre
Des *Ave* sans réponse et des enfants sans mère,
    Des priants sans secours !

Sous le manteau d'azur de la Vierge céleste,
Marguerite abritait son enfance modeste,
    Ses aspirations...
De la Reine des Cieux l'amour si plein de charmes
Consola son enfant dans les premières larmes
    De ses afflictions !

C'est que bientôt l'épreuve allait courber la tête
De la douce innocente, et la pauvre fillette
    Versa beaucoup de pleurs !
Près d'elle vint la mort, moissonneuse éternelle
Qui fauche sans pitié de sa faux si cruelle
    Les épis et les fleurs !...

Un jour à Corcheval une immense tristesse
Remplit le vieux manoir, tout s'agite et s'empresse ;

Madame va mourir ! !...
Offrant à Dieu sa vie et faisant des prières,
Doucement trépassa Dame de Fautrières ;
    Le Ciel vint la quérir....

Beaucoup on la pleura cette noble envolée
Sitôt ravie aux siens dans la triste vallée
    De ce monde qui fuit !...
Marguerite perdait sa charmante marraine,
Ce premier deuil troublait son enfance sereine
    Que la douleur poursuit :

Rentrée à Lhautecour, de nouvelles alarmes
Font couler de ses yeux les plus amères larmes :
    Et l'angoisse l'étreint...
Son père se mourait et la petite fille
Vit s'endormir en Dieu ce chef de la famille
    Qui mourait comme un Saint ! !

Oh ! pleure, douce enfant, car tu n'as plus de père,
Et ce deuil est cruel... mais en Jésus espère :
    N'es-tu pas à ton Dieu ?...
Relève vers le Ciel d'où tant de grâce tombe
Le regard de ta foi, quand tu vas sur la tombe
    Dire à ton père : adieu ! !

Ici-bas des tombeaux, des regrets et des larmes,
La demeure des morts... mais là-haut plus d'alarmes :
    C'est l'immortalité ! !
Quand nos cœurs sont meurtris et nos âmes navrées
Traversons par la foi les sphères éthérées :
    Là-haut l'éternité ! !

Là-haut l'Eternité ! ! là-haut la joie extrême
De ne plus offenser la majesté suprême,
  Espoir délicieux ! !
Là-haut, rien que l'amour ; là-haut plus de problème,
Là haut les anges saints et les âmes qu'on aime,
  Là-haut, là-haut les Cieux ! !...

Là-haut le doux réveil... là-haut notre Patrie,
Là-haut les au-revoir, là-haut Jésus, Marie :
  Que nos morts sont heureux ! !
Mais au sombre ici-bas, quand il pleure son père,
Si l'homme ne faisait à genoux sa prière
  Qu'il serait malheureux ! !
. . . .

Marguerite épandit ses larmes, sa prière
Sur cette fraîche tombe au triste cimetière,
  Tandis que sur le seuil
De ce jardin des morts, un ange aux blanches ailes
Offrait la vision des rives éternelles
  A Marguerite en deuil !

CHAPITRE II

De la première rencontre de Marguerite et de Jésus-Hostie sous le
toit béni des Filles de Sainte-Claire. — Comment la mort
osa menacer la petite fleur de Jésus. — De sa guérison mira-
culeuse. — Comment Notre-Dame s'intitula sa maîtresse et
comment Notre-Seigneur lui livra les merveilleux secrets de
l'Oraison et de la souffrance. — Divines apparitions.

———

Pour préparer sa fille au Baiser de l'Hostie,
Sa mère fit le choix d'un austère couvent,
Où l'on aimait beaucoup la Sainte Eucharistie :
Et Marguerite alla dans ce cloître fervent...

Son esprit et son cœur étaient encor bien tristes
Lorsqu'elle s'éloigna du nid de Lhautecour.
Mais si bon fut l'accueil des « Dames Urbanistes »
Que leur élève fut conquise au premier jour...

Tout s'épanouissait au cloître des Clarisses
Pour charmer jour et nuit le Dieu du saint autel ;
Marguerite admirait, dans de saintes délices,
Ces femmes, sœurs de l'ange, à l'amour immortel...

Elle se rappelait qu'en ses mains sainte Claire
Un jour avait tenu le Ciboire doré :
Fallait-il s'étonner si, dans le sanctuaire,
Ses filles héritaient de son amour sacré ?...

Aux Clarisses l'honneur de voir le saint Ciboire
Briller entre les mains de Claire de Jésus ;
Aux filles de François la merveilleuse gloire
De chanter à genoux : « Dieu seul et rien de plus ! »

Marguerite entendit de bien douces paroles
Que laissait échapper l'amour des bonnes sœurs...
On eût dit que, vraiment, les dames de Charolles
Etaient des Séraphins par leurs saintes ardeurs...

A celle qui devait voir bientôt face à face
Le Sauveur tout sanglant l'inviter à la Croix,
Dieu voulait que l'amour qui jamais ne s'efface
Fût prêché par les cœurs des filles de François !

L'Alvernia ! la Croix ! la sainte Eucharistie !
O divins souvenirs... mystères de l'Amour,
Les sœurs, comme en extase et l'âme anéantie,
Aux cœurs de leurs enfants en parlaient chaque jour...

Marguerite fut bien la plus charmante élève
Qui recueillit le miel de tels enseignements...
Mais c'est le Roi des cœurs qui Lui-même l'élève
Et conduit Marguerite aux saints ravissements...

« Le Maître » lui donna tant d'amour, de science
Qu'à neuf ans Marguerite approchait de son Dieu
Pour la première fois, et scellait l'Alliance
Qu'elle avait commencée à cinq ans par son vœu !

Un cœur d'or entouré d'une couronne blanche :
Telle est la fleur des champs que nous nommons si bien .
La Marguerite en fleur ! !... Et telle aussi se penche
Marguerite au cœur d'or vers l'Auteur de tout bien...

Son cœur, environné de sa blanche couronne,
Reçoit avec amour le Baiser du Seigneur...
Car c'est de pureté que l'enfant s'environne
Pour avoir et garder Jésus-Christ dans son cœur ! !...

« Et, depuis lors, — nous dit la sainte en son mémoire —
« Je ne tins plus à rien de ce monde mortel :
« De mon Jésus-Christ seul je gardais la mémoire,
« Car je l'avais reçu dans le pain de l'autel... »

En vain l'attirait-on vers les jeux de son âge,
Dans la joie et le feu des récréations :
Marguerite à Jésus demeurait sans partage
Et ne pensait toujours qu'à ses Communions...

Aux innocents plaisirs Dieu l'arrachait lui-même :
Il l'appelait à part dans un coin retiré ;
Là l'enfant à genoux, avec ferveur extrême,
Chantait, remerciait, bénissait à son gré.

*
* *

Après deux ans passés dans ces pures délices
Sous le toit consacré des Vierges de l'Amour,
Marguerite en pleurant, dut quitter les Clarisses
Pour s'en aller mourante habiter Lhautecour...,

Tout le corps accablé par un mal pitoyable,
Et le cœur tout navré de ce départ soudain,
Notre sainte souffrait un martyre incroyable
Mais son courage alors devenait surhumain...

On l'entoura des soins de l'amour le plus tendre :
La mère au cœur si doux dont l'amour est si fort,
Frères et serviteurs, chacun voulut prétendre
A l'honneur d'arracher Marguerite à la mort....

Et, cependant, malgré ce rempart de tendresse
Que faisait à l'enfant l'amour de tant de cœurs,
La mort planait sur elle, et bravant sa jeunesse,
Elle montrait sa faux... qui fauche tant de fleurs...

Mais un espoir restait à la pauvre famille :
Vouer l'enfant chérie à la Vierge des Cieux !!
On lui promit qu'un jour elle serait sa fille,
Qu'elle la servirait au cloître de son mieux !...

Dès qu'on eut fait ce vœu, la divine Marie
S'inclina vers l'enfant et la guérit soudain ;
La mort, de Marguerite a respecté la vie,
Et l'avenir aura pour elle un lendemain.

Mais la Vierge, en retour, voulut être Maîtresse
De cette fille sienne... et gouverner son cœur ;
Elle la reprenait avec grande tendresse
Lorsqu'elle la voyait faiblir dans sa ferveur...

Un jour que Marguerite égrenait son Rosaire,
Tranquillement assise au lieu d'être à genoux,
La Vierge se montra, l'air affligé, sévère,
Et Marguerite vit son bienveillant courroux...

Elle arriva du Ciel cette mère si bonne,
Avant que le Rosaire ainsi fût achevé :
« Marguerite, est-ce toi ? dit-elle ; je m'étonne
« Que si négligemment tu dises mes Ave. »

Bien court fut le sermon, douce la réprimande,
Mais la sainte nous dit que ce fut suffisant.
Désormais le respect à ses aises commande
Et chasse sans pitié le repos complaisant.

En se mortifiant, Marguerite charmée
Demandait à Jésus d'éclairer sa raison ;
Des flammes de l'amour son âme consumée
Voulait s'unir à Dieu par la sainte Oraison...

2

Mais il ne se trouvait personne pour lui dire
Ce qu'était l'oraison : elle s'en désolait,
« Oraison ! Oraison !! Combien ce mot m'attire !
« Il renferme un mystère étrange et qui me plaît.

« Oraison !! Oraison !! qu'est-ce que ce peut être ! »
Répétait Marguerite au comble du regret...
Mais un jour elle dit : « Jésus est un bon Maître,
C'est à lui que je veux demander ce secret !! »

Et Jésus l'entendit : car tout cœur qui soupire
Attire son regard et fait battre son cœur...
Il livra le secret..., et la Sainte put dire :
« Mon maître en l'oraison ce fut notre Seigneur !!! »
....
....

Non, ce n'était pas trop que le Seigneur lui-même
A « sa fille » eût donné des leçons d'oraison,
Car l'heure est arrivée où la douleur extrême
Submerge Marguerite en sa propre maison...

A quinze ans nous voyons la douce Bienheureuse
Commencer dans les pleurs un long Chemin de Croix...
Si jeune et si charmante, être si malheureuse !
O mon Dieu, qu'en dira la nature aux abois ?...

Mais la Sainte répond à qui la voudrait plaindre :
Qu'elle avait faim et soif d'opprobres, de mépris...
Qu'importe la douleur ? elle ne la peut craindre
Depuis qu'à l'oraison elle en a su le prix !

Communier ! Souffrir ! son cœur insatiable
Ne voulait que cela : c'était un lot divin !
Or, le Maître combla ce désir incroyable,
Et Marguerite vit la Croix sur son chemin !

Bien plus, elle la vit se dresser toute grande
Au sein de sa maison... Dans le foyer charmant
Sa mère n'est plus rien... et son oncle commande
Comme un maître brutal, sans nul ménagement...

C'est dans les mains de fer de Toussaint Delaroche
Que la veuve a dû voir passer l'autorité :
De cœur comme de nom ressemblant à *la roche*,
Cet indigne tuteur était sans charité...

Abusant lâchement de trop de confiance
A Lhautecour il vient en maître s'installer :
Sa femme l'imita dans sa dure arrogance
Et : « Dame de céans » chacun dut l'appeler !

Marguerite et sa mère étaient là comme esclaves :
Influence et pouvoir, tout leur était ravi !
Types de la douleur, leurs figures suaves
Paraissent au sommet du Calvaire gravi...

Pauvre femme, captive au sein de sa famille,
Mère de cinq enfants qu'on traite sans pitié,
La veuve du doux Claude avec sa jeune fille
De ses proches cruels subit l'inimitié.

Tout est fermé sous clef dans sa propre demeure,
Depuis les vêtements jusqu'aux provisions...
Et souvent à l'écart la pauvre femme pleure,
On lui refuse tout : sauf les dérisions ! !

Belle et jeune à seize ans Marguerite Alacoque
Demande aux villageois l'aumône d'un habit,
Emprunte aux métayers sans craindre qu'on se moque
Pour sa mère malade... et qui de faim périt !...

Ou bien ce sont des fruits, quelque peu de laitage
Que Marguerite va quêter timidement...
Mais, hélas ! il est dit que les gens du village
Parfois, le croirait-on, l'accueillaient durement...

Et la mère voyant cette fille chérie
Rentrer pâle et tremblante au logis des douleurs,
Doucement l'attirait sous son aile meurtrie,
La couvrant de baisers tout autant que de pleurs

O douce Marguerite ! ô belle jeune fille,
De ta mère navrée ange consolateur,
Dans tes grands et beaux yeux chaque larme qui brille
Comme une perle tombe en la main du Seigneur...
. . . .

Oui, c'était bien Jésus qui *seul* pouvait comprendre
De Marguerite en pleurs le long gémissement...
Aussi tout son repos elle l'eût voulu prendre
En face de l'autel du Très Saint Sacrement...

Mais pour aller voir Dieu c'était bien difficile :
« Trois personnes devaient donner leur agrément... »
Or, d'après le « Mémoire », il n'était pas facile
D'avoir de toutes trois le plein consentement.

« Souvent il arrivait — dit la chère *écrivaine* —
« Que quand l'une voulait, l'autre ne voulait pas »
De cet ange exilé la plainte restait vaine
Et même on soupçonnait son cœur comme ses pas !

La voyait-on pleurer après tant de rudesse,
On l'accusait alors « d'avoir un rendez-vous »
Et de faire semblant de se rendre à la messe
Pour mieux courir au mal et mieux cacher ses coups.

Devant pareille audace et telle calomnie
La sainte sent frémir son cœur de chérubin !
Cette accusation menteuse elle la nie
Par deux lignes qu'on trouve écrites de sa main :

« C'était bien me juger injustement, dit-elle,
« Car j'aurais préféré voir mon corps en lambeaux,
« Voir mes membres brisés par une mort cruelle,
« Plutôt que de penser me jeter en tels maux ! »

Mais supporter ainsi cette criante injure
C'était trop pour le cœur de cette chaste enfant...
Et, blessée en plein front, la douce créature
Se sauvait à l'écart... de douleur étouffant...

Pour une âme brisée il faut la solitude ;
Les larmes, a-t-on dit, ont leur chaste pudeur,
Et ne leur faut-il pas au moins la latitude
De couler sans témoin sur les pieds du Sauveur ?...

Dans un coin du jardin, dans un fond de l'étable,
Ou bien en autre lieu solitaire et désert,
Marguerite à genoux, priante inimitable,
Soupirait vers le Ciel, les hymnes du désert...

Le Ciel ! le si doux Ciel, où tout chante, où tout aime,
Le Ciel où nous irons oublier nos douleurs,
Le Ciel où tout fleurit aux pieds de Dieu Lui-même,
Marguerite y pensait pour consoler ses pleurs...

Sur le foin de l'étable ou bien sous la charmille,
Marguerite priait silencieusement...
Mais quand elle rentrait au sein de sa famille
On la réprimandait et grondait durement...

On ne comprenait rien à ses désirs mystiques
Qu'il fallait dissiper par de rudes travaux ;
Et Marguerite allait, avec les domestiques,
Travailler dans les champs, sous les humbles fardeaux !

Or ses nuits se passaient à verser tant de larmes
Que, pour la consoler, Jésus, le roi des Cieux,
Jésus-Christ plein d'amour, Jésus-Christ plein de charmes,
Commença dans ce temps d'apparaître à ses yeux...

Elle voyait ce Dieu portant sa Croix divine
Ou sous les traits divins d'un vivant Crucifix,
D'*Ecce Homo* sanglant... Alors, on le devine,
La sainte s'écriait : « Douleur ! tu me suffis ! »

Depuis qu'elle a fixé le Jésus du Calvaire,
Jésus-Christ, l'Homme-Dieu, le divin Rédempteur,
Tout inondé de sang, victime volontaire...
Marguerite ne veut que souffrance et douleur !

Elle souffre le jour et de toute manière,
Elle souffre la nuit d'autres cruels tourments...
A se martyriser c'est elle, la première,
Qui jure d'employer mille raffinements...

Elle soumet son corps aux saintes lois du jeûne ;
Elle veut l'accabler de supplices divers ;
Pour souffrir — se dit-elle — on n'est jamais trop jeune !!
Mais souvent ces excès se trouvaient découverts...

Son frère Chrysostôme affirma dans la suite
Que, dès ce temps déjà, son admirable sœur
Des moyens de souffrir était à la poursuite
Et les savait saisir avec joie et douceur...

Des chaînettes de fer, ceintures, disciplines
Stigmatisaient son corps, et si cruellement,
Qu'elles laissaient parfois leurs piquantes épines
Pénétrer dans sa chair épouvantablement...

Elle couchait souvent sur la dure en cachette,
Mais, plus souvent encor, tombée en pamoison,
Le jour la retrouvait au pied de sa couchette ;
Depuis la veille au soir durait son oraison !

Qui dira son tourment lorsque les domestiques,
La trouvant le matin en extase à genoux,
Surprenaient de ses nuits les douceurs extatiques
Et venaient mettre fin à des instants si doux !

Marguerite confuse, et toute rougissante
Se relevait soudain pour courir au travail...
Mais le Ciel poursuivait la belle adolescente :
L'extase la prenait jusque près du bétail !!

Jésus se faisait voir à l'enfant sans obstacle ;
A l'étable, au jardin, Il ravissait son cœur ;
Et même si ce cœur réclamait un miracle,
Jésus-Christ ne savait refuser la faveur...

Marguerite éprouvait la puissance infinie
De la foi, de l'amour aux pieds du Roi Jésus.
Un jour sa bonne mère était à l'agonie ;
Près du lit de douleur, triste, n'espérant plus,

Le médecin disait : c'est un érysipèle !
Marguerite comprend : sa mère va mourir !!
Se sauvant à l'église, à grands cris elle appelle
Jésus à son secours, car... Jésus peut guérir !!...

Or, ce divin Jésus, du fond du Tabernacle
Entendit ce grand cri de l'amour filial :
Il ne fit point attendre à l'enfant le miracle
Et la malade vit s'évanouir son mal ! !...

. . . .

. . . .

Oui, tel est bien déjà le pouvoir de la sainte
Qu'un soupir de son cœur émeut celui de Dieu :
La souffrance et la mort reculent à la plainte
De cet ange à genoux priant dans le saint Lieu...

CHAPITRE III

Comment l'arc-en-ciel brilla à Lhautecour. — Le monde dit à
Marguerite de se couronner de fleurs et Jésus crucifié lui
inspire de se couronner d'épines. — Luttes étranges. — Comment la fiancée de Jésus se punissait les moindres fautes. —
Elle est un lis battu par l'orage. — Comment l'amour divin
et l'amour filial commencèrent à se disputer son cœur.

———

Après avoir souffert et prié dans les larmes,
Après avoir subi l'angoisse et les alarmes
Pendant de si longs jours, et si cruellement,
Marguerite bientôt verra subitement
Briller un arc-en-ciel parmi tant de nuages
Et le soleil chasser les souvenirs d'orages...

Ses deux frères aînés, faisant valoir leur droit,
Ramenèrent la paix, le bonheur sous le toit
De l'habitation où leur Mère chérie,
N'avait que trop souffert douleur et pénurie ;
Ils avaient âge d'homme et leur premier devoir
Etait de bien s'unir afin de mieux pouvoir
Rendre à leur bonne Mère, influence, fortune,
Et lui faire oublier tant de jours d'infortune.

Tout réussit au gré de ce parfait désir
Bientôt dame Alacoque éprouva ce plaisir
De voir cesser enfin la douloureuse épreuve
D'un martyre si long ! Ainsi la douce veuve
Se revit à nouveau maîtresse à Lhautecour !
Le bonheur redevint l'hôte de ce séjour,
Et parmi ses enfants, l'heureuse femme oublie
Qu'au calice elle a bu jusqu'à l'amère lie...

Au foyer rajeuni tout changea vers ce temps,
Et Marguerite avait compté seize printemps,
Lorsqu'elle vit le monde et ses pompes sourire
A ses charmants attraits, comme pour mieux lui dire :
Couronne-toi de fleurs, car nous venons à toi :
Tu seras une reine... et le plaisir ton roi...
. . . .
Hélas ! que de cœurs purs, véritables cœurs d'anges,
Ont été les vaincus dans ces combats étranges !!...
La douleur fortifie et sous son lourd marteau
Se forge la vertu dont la croix est le sceau !,
Mais, au sein des plaisirs que le monde prodigue,
Mille tentations rompent vite la digue
Elevée à l'entour des âmes et des cœurs :
Que d'épaves s'en vont dans les torrents vainqueurs !!
. . . .

Mais si le monde peut raconter des victoires,
La pureté, l'amour disent aussi leurs gloires !
Le monde a beau tenter les amis de Jésus,
Ceux-ci savent le vaincre et ce monde confus,
Devant ces cœurs de lis doit s'incliner et dire :
A lui seul un cœur pur renverse mon empire !!

On peut avoir des fleurs sur son front de vingt ans,
Et cilice porter sous des nœuds de rubans...
On peut paraître aimer les choses de la terre,
Et se crucifier dans un profond mystère...
Promener ses regards sur les prés tout fleuris
Et ne rêver qu'à Dieu, qu'à son beau Paradis...
«Mon cœur — a dit un saint — est plus grand que le monde. »
Le cœur vierge partout reste pur comme l'onde :
Tel cœur, rien d'ici-bas ne le peut captiver,
Marguerite bientôt saura nous le prouver ...

*
* *

« Brûler devant Jésus, comme brûle le cierge ! »
C'était le seul désir de cette jeune vierge
Qui voulait à son Dieu rendre amour pour amour
Et s'immoler pour Lui la nuit comme le jour...
Mais le monde voulut contrarier la flamme,
De ce beau cierge ardent... et, dans le fond de l'âme,
Marguerite, sous peu, va sentir durement
Que pour bronzer son cœur il faut souffrir vraiment ! !...

Dieu permit cette épreuve : elle était nécessaire,
Car, avant de monter au sommet du Calvaire,
Il faut que Marguerite ait toute liberté
De choisir la richesse ou bien la pauvreté,

Et, parmi les amours qui fécondent la terre,
De se vouer à ceux que son âme préfère :
Amour de la famille, et de tous ses bonheurs,
Amour des doux foyers tout parsemés de fleurs :
Amour du temps présent que fleurit l'espérance,
Et du temps à venir que l'on croit sans souffrance ;
Amour de dévouement et de fidélité ;
Amour d'indépendance, amour de liberté ;
Amour de tout amour qui répond à notre âme,
Amour de ces plaisirs que jeunesse réclame,
Tout prenait un langage et tout avait des voix.
Pour dire à Marguerite : « ici-bas fais ton choix !! »
. . . .

Mais, là-haut, sur la Croix qui domine le monde,
Là-haut sur le Calvaire où le mépris l'inonde,
Jésus-Christ, l'Homme-Dieu, cloué sur un gibet,
Attire Marguerite et lui dit un secret...
« *Quitte tout*... et puis viens .. viens à Moi — dit le Verbe —
« Des plus charmantes fleurs trop pesante est la gerbe
« A qui veut s'élever, libre de tout fardeau,
« Jusqu'à moi pour mourir sous mon divin drapeau ! »
« Tu veux aimer le monde... et le monde m'oublie...
« Tu voudrais t'élever... et moi je m'humilie...
« Ton Dieu cherche l'épine... et tu cherches la fleur...
« Tu demandes la joie... et je veux la douleur...
« Ton Christ meurt sur la Croix... et tu vis dans l'ivresse
« Il te donne son sang... et tu veux la richesse ?... »
. . . .

Marguerite, à la voix de son divin Epoux,
En sanglotant d'amour tombait à ses genoux...

Alors, pressant la croix sur sa faible poitrine
Et se sentant coupable, en son âme chagrine,
Elle baisait les pieds de son divin Sauveur
Et jurait d'éloigner le monde de son cœur...

Mais, hélas ! qui ne sait que ce monde pour plaire
Emprunte mille voix qui ne peuvent se taire ?
Il a des lyres d'or pour chanter ses splendeurs,
Il a ses cris de joie et ses ambassadeurs,
Il a ses fleurs d'un jour et ses traîtres sourires,
Il a de faux appas, d'incroyables délires...

En face des douleurs et de l'adversité,
Marguerite avait su garder la liberté
De réserver pour Dieu les trésors de son âme,
Et de mettre à ses pieds ses tendresses de femme :
Tant il est vrai, toujours, que l'amour vit de croix !!...

Mais voilà que le monde élève haut la voix :
Marguerite l'entend résonner auprès d'elle.
Et, ferme jusqu'alors, Marguerite chancelle...
Nous la voyons subir un martyre effrayant :
Au Calvaire attirée, et, loin de lui fuyant ;
Sur le sommet divin par Dieu même appelée,
Séduite en même temps, au fond de la vallée,
Par les échos trompeurs de ce monde cruel,
Qui cache le venin sous le rayon de miel,
Marguerite descend... descend et puis remonte
L'échelle de l'amour... et c'est mourant de honte,
Qu'elle fait chaque soir un sévère examen
De ses tentations en ce terrestre Eden..,

Elle voit le plaisir qui lui barre la route
Et le monde qui met sa ferveur en déroute...
Cette vue est pour elle un véritable effroi
Qui se change en stupeur lorsque le divin Roi
Apparaît irrité devant sa fiancée
Et vient lui rappeler sa promesse passée...

« *Il paraissait jaloux* », nous dit, en frémissant,
Celle que Dieu poursuit d'un amour ravissant,
« Et moi, devant ce Dieu je restais interdite »
Ajoute avec douleur la tendre Marguerite...
Et, cependant, malgré tout le divin courroux
Que témoigne l'amour de ce Dieu si jaloux,
Elle sourit encore au monde qui l'enchante
Tandis que Jésus-Christ dit sa plainte touchante...
Un soir de carnaval, pour gaîment s'amuser,
Notre jeune mondaine osa se déguiser...
Ce qu'elle refusa dans sa petite enfance
Le monde alors l'obtint comme par violence
Et nul ne peut savoir ce que ce soir d'écueil
A la vierge coûta de larmes et de deuil...
Ce fut « son grand péché » que son âme marrie
Aux pieds de son Jésus pleura toute sa vie...
Mais, à ce moment là se plaisant au danger,
Le remords dans son cœur n'était que passager...
Cependant, au retour de ces longues soirées,
Tandis qu'elle quittait ses joyeuses livrées,
Jésus-Christ flagellé, Jésus-Christ tout sanglant ;
Se montrait à ses yeux... Reproche désolant !
Tandis quelle quittait sa brillante parure
Ses bijoux précieux et sa riche ceinture,
Le Christ défiguré se montre tout en sang
Et fait voir sur son front l'épine au triple rang...

Elle Le voit... c'est lui ! Lui la Grande Victime,
Le Fils du Dieu vivant !!... Dans un langage intime
Il fait parler pour lui tout son corps en lambeaux,
Et tels discours étaient effroyablement beaux !...
« C'est toi qui me trahis, c'est toi qui me rebutes,
« Toi, qui m'as flagellé, toi qui me persécutes,
« Après t'avoir donné tant de preuves d'amour,
« Pour m'en récompenser, que fais-tu chaque jour ?.. »

Ainsi parlait Jésus... Marguerite atterrée
Contemplait, en tremblant, la vision sacrée ;
La face contre terre, elle criait : pardon !
Elle renouvelait son vœu, sublime don
De son âme à Jésus... et tandis que son Maître
Disparaissait soudain, ne sachant où se mettre,
Marguerite eût voulu se voir alors en croix
Et mourir à l'instant... elle était aux abois !
Que faire pour calmer sa soif inassouvie
De donner à son Dieu son sang comme sa vie ?...
L'amour sait bien trouver moyens ingénieux
Pour prouver ce qu'il est... Triomphe glorieux !
Marguerite, d'amour éperdue, haletante,
Obéissant aux cris de l'ardeur pénitente,
Se venge sur son corps des fautes que son cœur
Chaque soir se reproche avec tant de douleur...
« Non, non, point de pitié, se disait Marguerite
« En déchirant sa chair... c'est ce que je mérite ! ! »

On peut donner du sang quand on a de l'amour !
Ainsi, vengeant la nuit toute faute du jour,
Aimant beaucoup le monde, aimant Dieu plus encore.
Marguerite sentait qu'à Celui qu'on adore

Devait rester son cœur pour une éternité !
Et pure elle resta dans sa chaste beauté !

C'est en vain qu'elle cherche à ternir sa mémoire
En s'accusant tout haut dans son humble « Mémoire ».
L'histoire l'a prouvé, dans ses récits charmants,
Marguerite gardait sur son front de vingt ans
Sa couronne de lis de blancheur idéale,
Elle sut conserver sa robe baptismale
Sans en ternir l'éclat... c'était la pureté
Qui vierge la gardait pour une éternité ;
C'était la fleur au front courbé par la tempête
Mais dont notre Jésus fera seul la cueillette...
Oh ! que de blanches fleurs vont embaumer l'autel
Quand même l'aquilon de son souffle cruel
A tenté le matin de les jeter à terre... !
Marguerite semblait ignorer ce mystère :
Ces torts exagérés qu'elle veut proclamer,
Ces torts qu'elle grossit pour les mieux affirmer
Sur son beau lis en fleur sont des grains de poussière
Qu'un souffle de l'amour rejette dans l'ornière.
Mais elle ne se croit pas coupable à demi ;
Tout son être lui semble être son ennemi
Et pour mieux se punir, se venger d'elle-mème
Elle se mortifie avec rigueur extrême ..

Marguerite si loin porta sa cruauté
Que bientôt s'altéra sa superbe santé :
Sans qu'on pût se douter que c'était son ouvrage
On la vit tout à coup en la fleur de son âge
« Pâlir et dessécher »... elle faisait pitié,
Mais elle, sans faillir, se tuait à moitié !

. . . .

La lutte se poursuit longtemps... longtemps encore ;
Ce n'est qu'après quatre ans que Jésus la doit clore
Par un coup de sa grâce, un décret de l'amour
Qui fixera la sainte à ses pieds, sans retour.

D'ici-là nous voyons la douce « Damoiselle »
Sourire à ses bijoux, se couvrir de dentelle
Et pleurer chaque soir devant son Crucifix
Parce que la grondaient Notre-Dame et son Fils !
Elle aimait tant les fleurs, les papillons et l'onde,
Les fêtes, la famille où tant de joie abonde,
L'entrain, la liberté, le feu de ses vingt ans,
Et puis, avec cela, tout comme les enfants,
Si candide elle était dans le fond de son âme,
Et si fort pour son Dieu battait son cœur de flamme,
Que Marguerite alors nous rappelle François
Quand le monde voulait l'enchaîner par ses lois :
« Jamais d'un vil plaisir la grossière malice
« Comme un insecte impur ne souilla son calice.
« Mais il jetait sa vie à mille amusements,
« Il aimait les festins et les beaux vêtements,
« Il prodiguait partout son temps et sa richesse
« Et sur mille désirs promenait sa jeunesse... [1] »
Oui, tel était François avant que le Seigneur
L'eût rendu fou d'amour en le frappant au cœur,
Telle aussi Marguerite, enchantée et ravie,
Prenait joyeuse part des plaisirs de la vie...
....

---

[1] Mgr de Ségur. — Poème de St-François.

*
* *

Ce fut en ce temps là qu'on voulut essayer
De fléchir Marguerite et de la marier...
Mais, malgré les désirs de toute la famille,
Toujours répétait : non, la belle jeune fille !
Tout d'abord elle avait une instinctive horreur
Du mariage, et puis elle était au Seigneur !
Son vœu de chasteté lui rappelait sans cesse
Les devoirs et l'amour de sa grande promesse.
En vain la priait-on de fonder un foyer,
Refus sur grand refus l'on devait essuyer !
Et si pendant longtemps on fit cette requête,
Marguerite longtemps resta sourde et muette.
Mais, cependant un jour, dans le fond de son cœur,
Marguerite sentit une grande douleur
Qu'en ses touchants écrits sa plume a découverte :
Entre deux grands amours c'était la lutte ouverte !
Car c'est l'amour divin et l'amour filial
Qui livrent dans son cœur comme un combat royal !
Vierge, elle est à Jésus de corps, de cœur et d'âme...
Fille elle est à sa mère et, dans son cœur de femme,
Elle sent tout à coup un affreux brisement...
Tout en elle s'émeut dans un frémissement :
Dieu vient la menacer d'un « tourment effroyable »
Si son cœur rompt son vœu : sentence inexorable !
Et, d'un autre côté sa mère, tout en pleurs,
Lui dit : « Je n'ai que toi pour charmer mes douleurs !

« Si tu vas au couvent, tu briseras ma vie !
« Il est de bons maris... contente mon envie..,
« Prends logis dans le monde et j'irai me fixer
« Aussitôt près de toi... Ne peux-tu m'exaucer ?...
« Ah ! douce fille, vois, tu fais couler mes larmes,
« Mets fin, je t'en supplie, à mes tristes alarmes ;
« Je t'ai donné le jour : tu causeras ma mort
« En fixant loin de moi ta vie... ô triste sort ! !
« Depuis vingt ans déjà tu m'appelles ta mère
« Et c'est toi qui voudrais dans la douleur amère,
« O Dieu, plonger, briser, noyer mon pauvre cœur ?
« Je t'en supplie, enfant, rends mon amour vainqueur.

. . . .

Et la mère pleurait... et, d'année en année
Ses plaintes redoublaient, car, dans la maisonnée,
La mort, hélas, fauchait près de la mère en deuil
Ses deux grands fils aînés, sa joie et son orgueil.
Eperdue et tremblante au bord de ces deux tombes,
La mère pressentait qu'un essaim de colombes
Lui ravirait bientôt la fille de son cœur
Dont les ailes de neige abritaient la candeur...

. . . .

C'est l'histoire nouvelle et c'est l'histoire ancienne
Du cœur agonisant de la mère chrétienne
Lorsque Dieu vient ravir l'enfant de son amour
Et veut lui préparer le cloître pour séjour...
Les mères ! ! qui dira leurs angoisses secrètes,
Quand, pressant sur leur sein les ravissantes têtes
Les fronts éblouissants de leurs enfants chéris,
Elles disent : « Seigneur ! me seront-ils ravis ?,.. »

Mères, consolez-vous quand Jésus vient vous prendre
Vos filles et vos fils... car c'est pour vous les rendre
Tout revêtus de gloire et couronnés d'honneur
Dans la cité du Ciel... Laissez le Moissonneur
Cueillir chez vous les lis qui dans le Monastère
Iront fleurir pour Dieu dans l'ombre et le mystère !

CHAPITRE IV

———

Devant sa mère en deuil, folle de désespoir,
Et qui voudrait pleurer jusqu'à son dernier soir,
Marguerite se trouble... et tout bas se demande
Ce que le Ciel veut d'elle et ce qu'il lui commande.
D'obéir à sa mère oh ! qui peut l'empêcher ?
Mais, résister à Dieu, sûrement c'est pécher !
Faire plaisir aux siens ! est-il plus douce joie,
Et faut-il que le cœur pour s'en priver se broie ?...
Oui, certes, quand Jésus nous a dit d'oublier
Nos parents, notre peuple et le si doux foyer ! !
. . . .
D'épines couronner le front de ceux qu'on aime
Quand on pourrait joncher leurs pas de roses même ! !

Dites, dites, mon Dieu, n'est-ce pas trop cruel ?
Faut-il donc abreuver les siens de tant de fiel ?
. . . .
Et Jésus nous répond : qu'Il est seul adorable,
Que son divin amour est incommensurable,
Et que, pour y répondre, à cet amour d'un Dieu,
Quitter tout ici bas, c'est peu... c'est encor peu ! !

Ainsi parlait Jésus à Marguerite en peine ;
Mais d'hésitations son âme restait pleine !...
Et de plus, le démon vint la décourager :
Elle entendit souvent son discours mensonger :
« Etre religieuse !... ô pauvre misérable !...
« — Disait-il en rageant — c'est irréalisable !...
« Jamais tu ne pourras demeurer au couvent ;
« Pourquoi continuer d'y penser si souvent ?
« Tu quitteras l'habit, et revenant brisée
« Du monde tu seras pour toujours la risée !..,
« Où donc t'en iras-tu te cacher après ça ?... »

Découragée ainsi Marguerite pensa
Qu'il fallait faire enfin ce que voulait sa mère,
« Et choisir un époux » Avec douleur amère.
Elle s'y résignait examinant toujours
Comment se dégager franchement, sans détours,
Du vœu de chasteté qui la tenait liée
Et sous le joug divin l'avait si bien pliée...
Ce vœu, ce vœu béni, son éternel honneur,
Ce vœu l'embarrassait, la vierge du Seigneur ! !..
« Lorsque je fis ce vœu — se disait Marguerite —
« J'ignorais toute chose et j'étais si petite ! !

« Si faible est sa valeur, s'il en a toutefois,
« Qu'on m'en relèvera facilement, je crois... »

. . . .

Tout semblait donc perdu, quand, un jour en prière,
Marguerite implorant encore une lumière
Vit son cœur inondé d'un céleste rayon
Tandis qu'elle adorait dans la Communion
Jésus, l'Hôte divin, qui reposait en elle...
Ce Jésus lui montra sa splendeur éternelle,
Et lui dit : « *C'est Moi seul le plus beau des amants !...* »
« Rappelle-toi le jour où tes regards aimants
« Se fixèrent sur Moi, découvrant ma tendresse...
« Rappelle-toi l'instant de ta grande promesse :
« Tu juras de rester la vierge du Seigneur...
« Pourquoi donc aujourd'hui me disputer ton cœur ?...
« Nous nous sommes promis fidélité parfaite,
« La promesse d'amour tous deux nous l'avons faite,
« Car je reçus ton cœur quand tu me fis ton vœu...
« Pourquoi donc essayer de rompre avec ton Dieu ?...
« Si tu ne m'aimes plus, eh bien, je t'abandonne,
« Mais, si tu m'es fidèle, écoute, je te donne
« Avec tout mon amour la force de mon bras,
« Et tous tes ennemis par Moi tu les vaincras,
« A ton cœur ignorant je me ferai connaître,
« Tu sauras les secrets de ton Epoux et Maître,
« Est-ce assez pour d'un cœur rémunérer le don ?...
« Choisis : Veux-tu l'amour ou veux-tu l'abandon ?...

. . . .
. . . .

C'en est fait : Jésus-Christ l'emporte ! Marguerite
De cet amant jaloux a senti le mérite,
Et Jésus, Jésus seul, un instant méprisé
Victorieusement soumet son cœur brisé...

En son âme descend comme une paix céleste...
Dans l'extase, à genoux, bien longtemps elle reste ;
Plus d'angoisse en son cœur ! plus de doute cruel !
Elle appartient à Dieu par un don éternel...
Que l'amour est puissant ! souvent une seconde
Largement lui suffit pour triompher d'un monde !...

En quittant le saint lieu pour se rendre au logis
Marguerite chantait l'hymne du Paradis,
Et, dès qu'elle aperçut sa mère bien-aimée,
Sans hésitation elle lui dit charmée :
« Je suis toute à Jésus... à Lui seul désormais !
« Et d'aucun autre amour ne me parlez jamais !! »

Grande fut la douleur au sein de la famille.
Le ton d'autorité qu'avait la jeune fille
Faisait comprendre à tous que c'était bien fini,
Qu'elle s'était vouée à l'amour infini !

Sa mère n'osa plus pleurer en sa présence
Mais elle se mourait d'ennui, de déplaisance,
Et sa fille promit alors de demeurer
Près d'elle encor trois ans avant de se cloîtrer...
. . . .
Sans doute Marguerite entendit des reproches
Que lui firent navrés des amis et des proches,
Mais rien ne pouvait plus désormais l'émouvoir,
Elle était à Jésus et le faisait bien voir !
« Ferme comme un rocher » son cœur jadis si tendre,
Hors de la Croix du Christ ne veut plus rien entendre.

Sa vie à Lhautecour, au cloître préludant,
Etait celle d'un ange ou d'un apôtre ardent.

Elle aimait les enfants, les attirait près d'elle,
Pour les catéchiser d'une façon si belle,
Qu'on les voyait souvent par essaims arriver
Vers celle qui savait si bien les captiver...
« Or, il en venait tant, écrivait Marguerite,
« Que je ne savais plus où leur donner un gîte
« Pendant les jours d'hiver... » Et maintenant encor
On voit la grande chambre où l'aimable mentor
Gardait ses protégés, malgré l'humeur chagrine,
Les reproches amers de « Tante Catherine »
Laquelle goûtant peu ce bruit, ce mouvement,
De trouver tout en l'air se plaignait constamment.
Mais, malgré les soupirs de la Tante grondeuse,
Marguerite instruisait la troupe tapageuse.
Un matin Chrysostôme en traversant la cour,
La voyant immobile et tant d'enfants autour,
Plaisanta Marguerite et dit : « Sur ma parole
« On vous croirait vraiment leur Maîtresse d'école,
« O ma très chère sœur ? » Ce disant, il sourit..,
Sans se déconcerter, Marguerite reprit :
« Eh ! mon frère, qui donc, si je ne le veux faire,
« Instruira ces petits ?... point ne veux m'en défaire ! »

Mais, ne comprenant rien à pareil dévoûment,
La Tante Catherine, impitoyablement
Voulait plus d'une fois faire la gouvernante :
« Qui peut souffrir chez soi cette classe ambulante ?
« Hors d'ici, tapageurs, sortez : grands et petits ! »
Et la sainte pleurait quand ils étaient partis...

Pour quelque temps alors l'aimable catéchiste
Interrompt ses leçons... mais son zèle persiste

Et ramène bientôt les petits malheureux,
Toujours plus assidus, et toujours plus nombreux !
Ce n'était pas assez pour l'humble jeune fille
D'instruire les enfants... Chaque pauvre famille
Où se trouve un malade à panser, à guérir,
Voit l'ange de ces lieux s'empresser d'accourir.
Elle si délicate, on la voit qui se penche,
Sur l'ulcère fétide... et puis de sa main blanche,
Elle panse la plaie et le chancre rongeur.
Si, parfois tel tableau lui soulève le cœur,
Pour se vaincre elle-même en ce dégoût terrible,
Marguerite à genoux, baise la plaie horrible...
Et, souvent, par miracle, on voit des guérisons
S'opérer, tout à coup, dans ces pauvres maisons.
Oui, souvent au contact de sa main innocente
Marguerite voit fuir le mal, et, frémissante,
Elle dit pour cacher son surprenant pouvoir,
Que Jésus suppléait à son peu de savoir :
« J'avais en sa bonté bien plus de confiance
Qu'aux remèdes et soins que donne la science !! »
Elle parlait ainsi comme pour s'excuser
De guérir tant de maux... souvent par un baiser !!

Ange de charité qui, sous le toit de chaume,
Opérait le miracle et versait tant de baume,
Marguerite s'ignore et tremble en constatant
Que, « malgré ses défauts le Seigneur l'aime tant »
Car, son humilité ne sait que se confondre...
Mais un jour Jésus-Christ voulut bien lui répondre :
Et voici les doux mots que prononça le Roi :
« O ma fille — dit-il — je veux faire de toi
« Un composé d'amour et de miséricordes.... »

Délicieux Amour ! tout entier tu t'accordes
Aux désirs de tout cœur qui ne veut que Jésus
Pour lequel, hors de Lui : « *Plus* n'est rien... *Rien* n'est
De ce céleste amour, éperdûment éprise,   [plus ! »]
Mais, parmi tous les siens, de moins en moins comprise,
Marguerite passait ses instants de loisir
En face de l'autel : c'était tout son plaisir !
Quand elle ne pouvait aller au sanctuaire
Où l'attirait Jésus, le divin solitaire,
Alors, comme une fleur qui cherche le soleil,
La vierge s'en allait dans un lieu non pareil,
Rêver de son Jésus et lui porter son âme
Pour l'exposer joyeuse à la divine flamme !
Dans le fond de l'enclos est ce lieu plein d'appas
Vers lequel notre sainte aime à porter ses pas :
Un rocher de granit en formait la terrasse,
Un bois le protégeait derrière, mais en face
L'horizon découvert laissait voir le clocher
De l'église où Jésus a daigné se cacher !
A travers les vitraux du sanctuaire antique
Marguerite à genoux sur le bloc granitique,
Apercevait parfois la tremblante lueur
De la lampe qui brûle en face du Seigneur.

Lorsque les soirs d'été baignaient d'un rose tendre
Les pics et les vallons... et que venait s'étendre
La brume, comme un voile, au front des blancs granits ;
Quand les oiseaux voulaient s'endormir dans leurs nids,
Et que les derniers chants qui montaient du village
Couraient, comme un soupir de bocage en bocage,
Marguerite, à genoux, sur le tapis de thym,
En extase tombait dans le fond du jardin !

Son œil ardent, fixé sur la sainte chapelle,
En traverse les murs et tout son être appelle
Ce Jésus qui, bientôt, va venir la chercher ;
Et déjà tout son cœur vers lui se sent pencher !
Il approche l'instant où, quittant sa demeure,
Et ses champs, et ses bois, il faudra qu'elle meure
A tout ce que son Dieu veut lui faire qu tter :
Non... Marguerite ici ne pourra plus rester...

. . . .

Sur les flancs du granit restez, sauges et menthes,
Bruyères, genêts d'or... Pour vous point de tourmentes,
Point de déchirements et point de Dieu jaloux....
Mais laissez Marguerite aller à son Epoux !
Croîssez, petites fleurs sur vos tiges hardies,
Mais n'oubliez jamais, fleurettes étourdies,
Qui fleurissez encor aux bois de Lhautecour,
Que Marguerite ici pleura longtemps d'amour !!...

*
* *

« Veni ! veni ! veni !! — disait l'amour suprême —
« Viens à Moi, douce enfant, mon désir est extrême,
« De te voir pénétrer dans la sainte oasis
« Où fleurissent pour Moi des roses et des lis...
« Viens, car l'heure a sonné de fuir dans le mystère
« Et d'aller te cacher au fond du Monastère
« Ne crains rien, Moi, ton Dieu, je te protégerai ;
« Viens, ne sois plus qu'à Moi ; je t'attends à Paray.

« Là, de mon doigt divin j'ai fixé ta retraite,
« Là, pour te recevoir ma tendresse s'apprête
« A t'inonder de grâce, à te combler d'amour.
« Ne tarde plus... oh ! viens établir ton séjour
« Dans le béni couvent de mes filles chéries :
« Je te veux, entends-tu, chez les « Saintes-Maries. »

Ainsi Jésus parlait par inspiration
Au cœur de Marguerite et sa vocation
Se dessine dès lors... mais non à la sourdine,
Car à tous elle dit : « Je suis Visitandine ! »
En vain essaya-t-on de l'attirer ailleurs ;
Toujours ses arguments restèrent les meilleurs.
Les filles de François, Clarisses de Charolles,
Vers elles l'attiraient par de saintes paroles,
Tandis que sa cousine, Ursuline à Mâcon
Disait : « Viens avec moi dans mon désert fécond. »
Et bien d'autres couvents semés dans la contrée
Semblaient se disputer la conquête sacrée
De notre aimable enfant... Vain espoir ! celle-ci
Répondait : « Le Bon Dieu ne le veut pas ainsi !
« A Paray vitement il faut que je m'en aille !! »
Et, ce disant, son cœur de tant d'amour tressaille
Que dès lors, elle peut soupirer bien souvent,
Ce qu'elle redira bientôt dans son couvent :

       « Je suis la biche harassée
       « Qui cherche l'onde avec ardeur,
       « La main du chasseur m'a blessée,
       « Son dard a percé jusqu'au cœur.... »

*
* *

Un jour que Mai fleuri semait sur la nature
Ses étoiles de fleurs dans des flots de verdure,
Tandis que les oiseaux rebâtissaient leurs nids
Et réveillaient l'écho des bosquets rajeunis,
Marguerite pria Chrysostôme, son frère,
D'être son doux mentor jusqu'à la cité chère
Où Jésus l'appelait... Les voilà donc tous deux
Qui s'en vont à Paray... « C'est là que je te veux ! »
Dit le très doux Sauveur à sa fille attendrie
Dès qu'elle eut mis le pied dans la maison chérie
Où le divin vouloir l'attirait à son Dieu !...
Sanctuaire béni !! céleste, aimable lieu !...
« Je n'en sortirai plus ! » dit la sainte ravie...
« C'est là que dans l'amour je passerai ma vie,
« Car c'est ici le lieu de mon repos sacré,
« C'est là le doux tombeau que Dieu m'a préparé ! »

Mais les gens de Paray ne disaient pas comme elle,
Si jolie elle était la chère « Damoiselle »
Et tant d'ajustements relevaient sa beauté,
Que ceux qui la voyaient, pris d'incrédulité,
Disaient en souriant ces paroles moqueuses :
« Voyez comme elle a bien façons religieuses ! »

C'est, qu'en effet, d'après le ravissant aveu
Que fait en ses écrits cette vierge de Dieu,
Jamais, depuis le temps qu'elle aimait la toilette
Elle n'avait été si belle et si coquette !!
Et c'était pour montrer sa joie et son bonheur
D'appartenir bientôt à l'Epoux de son cœur.
« Jamais — dit-elle encor — ne m'étais divertie
« Si bien qu'en ce beau jour d'allégresse sentie ! »

Plus riante que Mai, plus fraîche que sa fleur,
Plus pure que le lis et plus blanche en son cœur
Que les reines des champs, ses sœurs, les pâquerettes
Dont Dieu Lui-même fit les blanches collerettes,
Charmant qui l'écoutait des accents de sa voix,
Plus joyeuse que n'est le rossignol des bois,
Marguerite ravit les Sœurs Visitandines...

Tandis que blanchissaient partout les aubépines,
Qu'au souffle du printemps qui passait tiède et gai
Les rosiers s'entrouvraient sous le soleil de Mai :
Sans se douter encor de son rare mérite,
La Visitation *cueillait sa Marguerite* !

Chrysostôme attendri donna bien tristement
A sa très chère sœur son plein consentement ;
Mais il la ramena pour quelques jours encore
Près de sa mère en pleurs... Marguerite déplore
Ce délai... mais il faut retourner au logis,
Car pour se dépouiller elle veut, sans sursis,
Faire parmi les siens le généreux partage
De ce qu'elle possède... ô charmant héritage !
Précieux testament !... La sainte a tout donné
Hormis son humble dot, comme un épi glané
Après la moisson faite, au champ de la famille
Où ne paraîtra plus la douce jeune fille !

C'est fini ! désormais ne possédant plus rien,
Marguerite a trouvé Jésus Souverain Bien !!
Sa croix sera son lot... le ciel son espérance,
Elle va l'épouser, son Dieu dans la souffrance :
Oh ! qu'elle va jouir de sa possession...

Anges du Ciel, formez votre procession
Venez à Lhautecour chercher la fiancée :
L'Epoux l'attend là-bas... venez, troupe empressée,
Hérauts du Roi des rois, vrais amis de l'Epoux,
Auprès de Marguerite, accourez, serrez-vous...
C'est l'instant du triomphe et du grand sacrifice,
Anges, n'oubliez pas de faire votre office,
O vous qui nous sauvez des plaisirs, des douleurs,
Soutenez Marguerite et recueillez ses pleurs
Quand s'arrachant des bras de sa mère éplorée,
Tout semblera brisé dans son âme navrée...
. . . .

Il arriva ce jour rempli d'émotion
Où, pour aller à Dieu, la fille de Sion
Doit renoncer à tout et s'arracher tremblante
Des bras de ceux qu'elle aime... ô scène désolante,
Scène que l'on revoit ici-bas chaque jour,
Car l'amour ne meurt pas : immortel est l'amour,
Et depuis que le Christ a demandé des vierges,
Chaque jour il s'en offre... et, parmi fleurs et cierges,
On consacre leur cœur qui s'arrache vivant
Au monde, à la famille... et qui saigne souvent...

Marguerite sentit cette tristesse amère
Qui débordait du cœur de sa très douce mère,
Elle sentit son front inondé de ses pleurs
Et ce dernier assaut fut terrible en douleurs.
Cependant « sans pâlir » la vierge courageuse
Soutint des longs adieux la tourmente orageuse
Et s'arrachant des bras de tant de bons parents
Elle les quitte tous sans regrets apparents...

Mais son cœur se brisa dans cet effort suprême :
C'est un martyre affreux de quitter ceux qu'on aime.
Oh ! ce dernier baiser que l'amour maternel
Dépose sur nos fronts !... qu'il est doux et cruel !...
Tel adieu déchirant brise notre colombe :
Elle n'a pas quitté Lhautecour qu'elle tombe
En soudaine agonie... et si cruellement
Que sa croix lui paraît sans adoucissement...

C'est encore une lutte, une lutte navrante...
Mais la grâce bientôt revient en conquérante
Ressaisir Marguerite et la rasséréner...
Un rayon de l'amour paraît l'illuminer
Et quand elle arriva devant le monastère
Elle avait oublié complètement la terre !!...

CHAPITRE V

De l'entrée de la douce Marguerite à la Visitation de Paray-le-
Monial. — *Attollite portas vestras.* — La Bienheureuse devient Toile d'Attente en face du Peintre divin. — Comment le
doux François de Sales vint du Ciel gronder la trop austère
postulante et comment celle-ci devint Novice sous le nom de
Sœur Marguerite-Marie. — Elle est accablée d'amour. —
Sainteté de Justice et Sainteté d'Amour. — On s'inquiète de
ses extases. — Epreuves. — Luttes. — Victoires.

————

Tressaille d'espérance, ô terre de Paray :
Voici venir à toi ta lumière et ta gloire,
Voici ta Marguerite, ô bonheur ! c'est bien vrai,
Tu vas la voir fleurir sur ton vieux territoire.

C'est Dieu qui, de sa main, te fait ce don royal,
Ouvre tes murs bénis, ô cité séculaire ;
Voici ta vierge à toi, l'aray-le-Monial,
Et ta vierge sera ton ange tutélaire !

Plus pure que les eaux qui fécondent ton sol,
Ayant ouï de Dieu la Volonté très sainte,
Cette blanche colombe a pris vers toi son vol
Et vient se reposer dans ta paisible enceinte.

C'est pour elle que Dieu voulut qu'en ton doux val
La Visitation fondât une famille,
Car François de Genève et Jeanne de Chantal
Appellent désormais Marguerite leur fille.

. . . .

Tressaillez, vous aussi, cloîtres silencieux,
Chantez ! voici venir la vierge Marguerite ;
Que tout chante ici-bas comme l'on chante aux Cieux !
Et vous, portes de fer, portes, ouvrez-vous vite...

Attollite portas... ouvrez-vous, ouvrez-vous,
Laissez venir au Roi sa jeune fiancée,
Marguerite et Jésus ont ici rendez-vous,
C'est ici leur séjour... ravissante pensée !...

O Jacob, qu'ils sont beaux tes pavillons sacrés !
O cloître, qu'il est doux ton mystique silence !
O Jésus, qu'ils sont grands vos charmes adorés !
C'est pourquoi Marguerite à vos genoux s'élance !

Elle franchit le seuil de la sainte maison,
Elle entre sans pâlir dans le cher Monastère ;
Elle admire ses lois et baise son blason ;
Tout lui paraît amour, rien ne lui semble austère.

Et les anges du ciel chantaient : *Veni, sponsa !*
Veni, sponsa Christi... tandis que Marguerite
Avec grande ferveur en ce jour [1] commença
Son postulat rempli d'un merveilleux mérite !

[1] Mai 1671.

Comme elle demandait avec simplicité
Le bienheureux secret de l'oraison fervente,
La Maîtresse lui dit d'un ton d'autorité :
« Mettez-vous devant Dieu comme toile d'attente ! »
Voilà ce qu'on demande à ce cœur bien soumis :
« Rester devant son Dieu, car cela doit suffire... »
Marguerite, d'abord, n'a pas très bien compris
Et ne peut s'expliquer ce qu'on a voulu dire.
Mais son Maître c'est Dieu : « Viens, je te l'apprendrai ».
Lui dit le doux Sauveur... Et l'amante fidèle,
Qu'on peut déjà nommer la sainte de Paray,
Eut un ravissement d'amour à la chapelle...

Tandis qu'elle adorait le Très Saint Sacrement,
Comme un ange, à genoux, Dieu si bon lui dévoile
Que Lui, peintre divin, peindra divinement
Dans son cœur... si ce cœur veut bien devenir toile...
En même temps ce cœur, inondé d'un rayon,
A compris ce que Dieu réclame d'innocence
En ceux qu'Il veut toucher de son divin crayon,
Et combler des présents de sa munificence...

« Il faut que mon cœur soit un éclatant miroir,
« Que la blancheur du lis s'étende sur mon âme ! »
Se disait Marguerite, et l'on ne peut savoir
Jusqu'où le feu sacré la brûla de sa flamme !

« Aimer, souffrir » voilà sa sainte passion.
Plus de repos pour elle : il faut qu'elle s'immole,
« Mortification ! Mortification ! »
Son cœur se répétait toujours cette parole.
Son passé, quoique pur, lui faisait grande horreur ;
On dit qu'elle voulait « le laver dans ses larmes,
Le baigner dans son sang » sous un fouet vengeur...

Mais ces fouets sanglants faisaient si grands vacarmes
Sous le paisible toit de l'aimable couvent,
Qu'un jour le Fondateur vint gronder Marguerite,
Ainsi qu'il en avait menacé bien souvent
Celles qui de ses lois passeraient la limite
Et voudraient oublier ce qu'il avait écrit :

« Mes filles — avait dit jadis François de Sales —
« Si vous faites jamais plus qu'on ne vous prescrit,
« Eh bien, je reviendrai, dans cellules et salles,
« Vous faire grand tapage et bien vous effrayer. »

Or, ce qu'il avait dit, en riant sur la terre,
Le Saint, l'exécutant, vint du Ciel rudoyer —
Et ce fort durement — sa fille trop austère...

Marguerite comprit que tant d'austérité
Des filles de Thérèse ou des filles de Claire
Demeurait l'apanage et la propriété...
Elle eut, en même temps, la vision plus claire
De l'esprit de douceur des Visitations ;
Elle comprit que Dieu voulait qu'elle obéisse,
Qu'elle n'abusât point des macérations ;
Elle ne serait pas Carmélite ou Clarisse,

Mais fille de douceur, fille d'humilité,
En un mot, pour tout dire, « une sainte Marie »
Telle que la voulaient en sa Communauté
Le doux Seigneur Jésus et sa Mère Chérie...

Pour se dédommager de ne pouvoir souffrir
Sous les coups redoublés de longues disciplines,
Marguerite, du moins, voulut faire mourir
Jugements et désirs ; coupant jusqu'aux racines
De propre volonté, jetant à corps perdu
Tout son être brisé sous la Croix triomphante,
Elle disait gaîment « tout sacrifice est dû
Au roi qui de mon cœur fait sa toile d'attente. »

*
* *

Si fidèle à vouloir se renoncer en tout,
Marguerite bientôt vit venir le délice
De la prise d'habit : ce fut le vingt-cinq août,
Jour de la Saint-Louis, qu'elle devint novice.

Tu peux venir, Amour, ta victime t'attend...
....
Sous des ciseaux de fer tombe sa chevelure,
Et puis un bandeau noir sur son front blanc s'étend ;
Une robe de deuil compose sa vêture,
Un long voile bénit, d'éclatante blancheur,
Sur son front vient jeter mille grâces nouvelles.
Ce voile est comme une aile abritant sa fraîcheur,
Aux colombes toujours ne faut-il pas des ailes ?...

Reconnaissante enfant de la Reine des Cieux
Pour l'honneur et l'amour de sa Mère chérie,
Marguerite voulut son nom délicieux :
On l'appela dès lors ; *Marguerite-Marie* !

Salut, ô nom béni, connu du monde entier !
Salut, ô nom plus doux que ceux des roses blanches...
Salut, nom plus charmant que la fleur d'églantier,
Plus suave, plus pur que lis et que pervenches...

....

.·.
·.·

Dès qu'elle eut commencé son saint Noviciat,
Marguerite vit Dieu renverser les murailles
Qui cachent à nos yeux son ravissant éclat.
     « C'est le temps de nos fiançailles. »
Disait le Roi du Ciel et ce Roi de l'Amour
Se montrait constamment à cette humble novice
Laquelle Le voyait la nuit comme le jour ..
     Se pâmant de délice,
Ravie elle écoutait l'adorable Bonté
Lui dire : Moi je veux que ma douceur t'inonde
« Du plus doux, du meilleur de la suavité
     « Dont l'amour surabonde ! »

Jésus la Vérité tint parole si bien
Que Marguerite fut bientôt comme écrasée

Sous le poids des faveurs de son Souverain Bien...
      O céleste rosée,
Qui découlait du Ciel... du sein même de Dieu
Sur la blanche toison de la brebis chérie
Et baignait de ses flots en ce terrestre lieu
      Marguerite-Marie !...

Le géant de l'amour la suivait pas à pas,
Il n'était point d'endroit où ce Dieu de son âme
La laissât l'oublier : Il ne la quittait pas !
      O Dieu ! le divin drame !!
Quel amour !... mais aussi quelle sévérité,
O Justice terrible... ô divine exigence !
Jésus punissait tout : la moindre vanité,
      La moindre négligence !

« Sainteté de Justice et Sainteté d'amour ! »
Pôles mystérieux, insondables mystères
Que la Sainte à genoux méditait tour à tour
      En des coins solitaires...
Elle ne pensait plus qu'à son chétif néant ;
Dans le dernier mépris elle eût voulu descendre
Car un jour elle ouït Dieu même son Amant
      L'appeler : « poudre et cendre !! »

Dès lors elle eût voulu pouvoir s'anéantir
Pour mieux aimer l'Amour, adorer la Justice
De ce grand Dieu si bon qui lui faisait sentir
      L'amour et son supplice...
Voir Dieu si grand, si saint, si doux, si bon, si pur,
Et se voir à ses pieds, fille d'Adam et d'Eve,
C'est pour la Vierge, hélas ! le tourment le plus dur,
      Un martyre sans trève...

« Je suis un Maitre saint qui veut la Sainteté
« Je suis pur et ne peux souffrir la moindre tache ; »
Ainsi parle le Dieu de toute Majesté
      Et parfois Il se fâche :
« Poudre et Cendre, de quoi donc te glorifier,
« Puisque de toi tu n'as rien que néant ?... » La vierge
Sent un désir nouveau de se sacrifier ;
      Le remords la submerge !
Elle crie à Jésus de la faire mourir...
Elle se fait horreur, se désole et se pâme,
A la mort elle veut tout de suite s'offrir :
      Ecoutons sa pauvre âme :

« O mon Dieu, cachez-moi cet effrayant tableau
« De mes iniquités ou faites que je meure,
« Que mon corps de péché soit conduit au tombeau,
      « Sa dernière demeure ! ! »

Ainsi pour venger Dieu voulait-elle sa mort,
C'était trop près Le voir sur cette pauvre terre,
C'était trop Le comprendre et son trop heureux sort
      Devenait vie amère...

C'est alors qu'il fallait arracher de sa main
Les lanières de cuir, les verges et les chaînes ;
Car elle se serait mise en pièces soudain
      Pour soulager ses peines...

*
* *

Bientôt on s'aperçut dans la Communauté
Que souvent son visage était baigné de larmes,
Quoiqu'un divin rayon l'inondât de clarté...
    On en eut des alarmes.

Pourquoi donc demeurer si longtemps à genoux,
Immobile, sans voix, toute hors d'elle-même !...
Pourquoi ces airs ravis ! quels secrets cachez-vous,
    Jeune sœur, quel est ce problème !...

Pourra-t-on recevoir à la Profession
La singulière enfant devenue extatique ?...
Rien ne la peut tirer de son absorption
    Et du sommeil mystique...

On la dirait inapte au travail, aux labeurs,
Tout lui tombe des mains : « C'est une maladroite, »
Ainsi disaient tout bas les Mères et les sœurs.
. . . .
    La novice benoîte
Devinant tout cela gémissait tristement,
Parce qu'on ajoutait : qu'extase et rêveries
N'entraient pas dans l'esprit du béni règlement
    Des Sœurs Saintes Maries...

Pour la pauvrette hélas ! quel affreux désespoir :
Son Jésus voudra-il être cause Lui-même
De son prochain renvoi ?... Mais non ! courage ! espoir,
    Non, Marguerite !... Il t'aime !...
Il te dit d'obéir du mieux que tu pourras,
Et puis Lui, Dieu d'amour, voudra faire le reste ;
Religieuse ici toujours tu le seras :
    Garde la paix céleste !!...

*
* *

Reprenez — dit saint Paul — à temps et contre temps !
Il était du devoir des Révérendes Mères
D'éprouver leur novice... et pendant bien longtemps
Marguerite subit des épreuves amères...

Tout d'abord on voulut régler son oraison,
Lui proposer du moins la méthode en usage
Dans le noviciat de la sainte maison.
Marguerite comprit que c'était juste et sage,
Elle fit grand effort pour obéir au mieux ;
Mais son Jésus, jaloux d'être son seul vrai Maître,
Faisait si bien sentir son joug impérieux
Qu'elle ne pouvait plus à d'autres se soumettre.
Lors, elle retombait dans ses ravissements,
Adieu toute promesse, adieu toute méthode !
Vain et stérile effort de repousser le code
D'un Maître aussi jaloux dans ses agissements...
Les lois du saint Amour ont des rigueurs charmantes !

Mais l'humble obéissance a ses rigueurs aussi ;
Tous les saints ont senti ses ardeurs consumantes ;
Leur vertu s'y pliait sans regrets ni souci.

Pour l'aider à gagner un plus parfait mérite,
Pour lui donner de force un peu d'activité,
Un beau jour on pria la douce Marguerite
De quitter l'oraison et sa suavité...
A l'Infirmière en titre on la donna pour aide,
C'était un bon mentor que cette chère sœur ;
Et son activité sans être dure ou raide
Poussait au lourd travail avec force et vigueur.
Catherine Marest était la Marthe active,
Forte d'âme et de corps, portée à l'action,
Grande de dévoûment, mais peu contemplative,
Elle tirerait bien de son abstraction
L'humble petite sœur Marguerite-Marie ;
Tout au moins l'on comptait sur elle pour cela !
Elle n'y manqua point : par sermon, gronderie,
Son beau zèle — dit-on — souvent se révéla...
Et, tout comme autrefois au sein de Béthanie,
Pour mieux servir l'Amour et le servir à deux,
Marthe devant Jésus se plaignait de Marie.

Mais Jésus souriait de ce conflit fâcheux,
Et pour dédommager sa fidèle compagne
Le Bon Maître la suit et la ravit partout...
Oui, partout, ce Jésus la soutient, l'accompagne,
Il console ses pleurs et lui tient lieu de tout...

Quand la Communauté, dans la chapelle sainte,
Faisait tranquillement ses heures d'oraison,
Sœur Marguerite alors, sans murmure ni plainte,
Promenait le balai dans toute la maison...
On l'éloignait du chœur pour éloigner l'extase...
Vaine précaution !... Peut-on chasser l'Amour ?

Le long des corridors Marguerite s'embrase !
Mystère : balayant les cloitres et la cour,
Sarclant l'herbe au jardin et lavant les écuelles,
Ou faisant la cuisine en face du fourneau,
Partout la poursuivaient ses visions si belles,
Partout elle voyait le ravissant Agneau :
Alors, chantant l'amour de sa voix la plus tendre
Voici le doux refrain qu'elle faisait entendre :

    « Plus on contredit mon amour,
    « Plus cet unique Amour m'enflamme ;
    « Que l'on m'afflige nuit et jour,
    « On ne peut l'ôter à mon âme.
    « Et plus je souffre de douleur...
    « Plus il veut s'unir à mon cœur... »

La voici donc la clé du mystère ineffable :
Plus on contrariera les flammes de son cœur,
Plus Marguerite aura la joie inexprimable
De jouir de l'amour de son divin Sauveur...

Marguerite le sait... Sublime obéissante
Elle veut rechercher dans la soumission
Le secret de jouir — ô ruse ravissante ! —
Des amabilités du grand Roi de Sion...

Non, ce n'est pas assez que d'autres contrarient
Sa nature, ses goûts et son amour si fier :
Elle-même s'y met et les sœurs s'édifient
Du zèle qu'elle montre à se crucifier.

A ce sujet l'on dit que, même au réfectoire,
Elle trouvait moyen de gagner des combats...
En quelques mots voici cette petite histoire :
Entre nature et grâce édifiants débats.

Marguerite dès son bas âge
Avait tant d'horreur du fromage
Que jamais n'en voulait manger...
Et que même on dut s'engager,
Par une promesse sincère
Lorsqu'elle vint au monastère,
A ne jamais lui présenter
Ce qu'elle disait détester...
Mais voilà qu'un jour la serveuse,
De cette promesse oublieuse,
Présente à la petite Sœur
Ce mets qui lui fait mal au cœur.
Devant cet innocent fromage
La nature proteste et rage,
Et voudrait jeter les hauts cris..,
Mais la grâce de Jesus-Christ
Vaincra la nature rebelle ..
La jeune novice un moment
Se recueille : « O Jésus, dit-elle,
A mon aide je vous appelle ! »
Puis, malgré le frémissement
De son cœur en soulèvement,
Marguerite, après grande lutte,
Bravement enfin s'exécute,
Et, pendant huit ans, nous dit-on,
Elle agit de même façon...

Mais après de tels sacrifices
Le ciel l'inondait de délices,
A ce point que, n'en pouvant plus,
Elle criait : « Assez ! Suspendez, ô Jésus,
« Et mesurez pour moi, ces flots, torrent intime ;
« Ou bien créez en moi comme un profond abîme
« Dont la capacité les puisse recevoir... »

C'est ainsi que l'amour atteste son pouvoir !
Car pour cet acte seul, accablant de tendresses
Sa Marguerite, Dieu lui fit « mille caresses. »
Jusqu'à sa mort — nous dit la Mère Greyfié —
Marguerite sentit son cœur gratifié
D'incroyables faveurs, récompense céleste
Que Jésus prodiguait à sa vierge modeste...

C'est ainsi que souvent Dieu vient récompenser
Les âmes qui, pour Lui, veulent se renoncer,
Car, si peu que l'on fasse
Pour seconder la grâce,
Jésus, toujours divinement,
Sait payer un renoncement !...

CHAPITRE VI

———

Amante de la Croix, victime volontaire,
Marguerite acheva l'an de probation.
Ses sublimes vertus on ne les pouvait taire,
Cependant l'on restait dans l'hésitation :
On n'avait jamais vu plus parfaite novice
Réjouissant les cœurs en la Communauté.
Prête à se renoncer, comme à rendre service,
Eprise de douleur, folle d'humilité,
Ange par la candeur, et lis par l'innocence,
La vierge de Jésus étonnait — il est vrai —
Par tant de sacrifice et tant d'obéissance !
Mais tant d'humilité régnait « au cher Paray »
Que les sœurs se disaient : « En notre Monastère
« Est-ce à nous de garder ce merveilleux trésor ?...
« Marguerite-Marie est un profond mystère :
« Faut-il la renvoyer ou la garder encor ?

« Toutes nous devons suivre une commune voie
« Nos couvents sont les nids de la simplicité,
« Le silence-et la paix font toute notre joie :
« Dieu nous garde à jamais de toute nouveauté !!
« Si nous gardons chez nous cette grande mystique
« C'est, peut-être, cacher le feu sous le boisseau.
« Ne vaudrait-il pas mieux pour la chère extatique
« Choisir un Ordre ancien que le nôtre au berceau ?... »

   Ainsi les bonnes sœurs votantes
    Dans-le-chapitre devisaient,
    Et ces remarques importantes
    Les troublaient et les divisaient.

Sur les flancs du Carmel croissent les fleurs d'Elie,
Les fleurs de l'Oraison dans toute leur beauté ;
Sur les flancs de l'Alverne où l'extase les lie
Les enfants de François vivent d'austérité.
Dans le fond du désert la Vierge chartreusine
Vit de la solitude, et si blanche fleurit,
Qu'on dirait qu'un flocon d'une neige divine
A donné sa couleur à son céleste habit !
Pourquoi ne pas aller rejoindre ces heureuses ?
Marguerite, pourquoi vouloir rester ici ?
Les sommets du Carmel ou le fond des Chartreuses
De la perfection sont le séjour aussi ?...
. . . .
Marguerite comprit l'ennui du Monastère,
Les angoisses des sœurs, leur hésitation :

Elle pria Jésus d'éclairer le mystère
Car Dieu seul doit fixer notre vocation.
Fallait-il s'en aller dans une autre famille
Où l'on n'aurait pas peur de ses ravissements ?
Ou bien comment éteindre une flamme qui brille ?
Comment vous comprimer, divins embrasements ?...

Mais Jésus, souriant du fond du Tabernacle,
A sa fille disait : « Tu resteras ici...
« La Visitation doit être ton Cénacle :
« Persévère en ces lieux, car je le veux ainsi ! »

En même temps Jésus dictait ses lois divines
Aux Mères, leur disant son divin : « Je le veux ! »
Pour obéir au Ciel les Sœurs Visitandines
Admirent la novice à prononcer ses vœux.

Viens, heureuse journée,
Trop longtemps ajournée...
Venez, divin Epoux,
Venez, ô Dieu jaloux !
Après vos Fiançailles,
Vos saintes Epousailles !
Après les jours de croix,
Vous-même, ô Roi des rois !!...

Afin de se trouver plus excellemment prête.
A s'unir à son Dieu par la Profession,
La vierge s'enfonça dans la grande retraite
Qui précède toujours cette grande action...
Mais, dès le second jour, par l'ardeur consumée,
Marguerite sembla brûler dans un brasier...
Pour rafraîchir un peu la novice enflammée
Pour l'empêcher aussi de trop s'extasier,
On l'envoya garder dans l'enclos solitaire
Une ânesse indocile et son petit ânon...
Quel exercice ingrat pour notre solitaire !
Mais sa grande vertu ne sachant dire non,
Elle fit chaque jour l'office de bergère,
Qui lui donnait — dit-on — grande occupation.
« Chère fille — avait dit la Révérende Mère —
« Gardant ces animaux, faites attention
« Qu'ils ne commettent point d'inutiles ravages
« Dans les jolis carrés du jardin potager ;
« Que l'ânesse et l'ânon soient tranquilles et sages,
« Qu'ils ne s'avisent pas d'aller tout saccager... »

Marguerite a compris ce qu'on réclame d'elle,
Mais, bon Dieu ! quel souci... que de désagréments...
Ah ! qu'il serait plus doux d'habiter la chapelle ! !

L'ânesse exécutait d'harmonieux braiements
Dignes d'exaspérer plus de quatre bergères,
Et, faisant les doux yeux aux herbes potagères,

Convoitant d'un regard les beaux légumes verts,
Sautant, cabriolant par les chemins ouverts,
Toujours elle tentait nouvelles escapades...

Pour garder du péril les choux et les salades,
Marguerite était seule... et pourtant fit si bien
Que tout fut respecté dans l'entour du parcage :
L'ânesse et son ânon ne saccagèrent rien
Et s'en tinrent au pré pour unique partage...

Courant après l'ânesse ou surveillant l'ânon,
Marguerite goûtait une joie infinie ;
De son Epoux divin elle invoquait le Nom,
Comme la Volonté toujours douce et bénie ;
Son âme retrouvait parmi buissons et fleurs
Celui qu'elle quittait par loi d'obéissance :
Elle se renonçait sans répandre des pleurs,
Elle chantait un hymne à la reconnaissance !
« Si Saül a trouvé — disait-elle gaîment —
« Un royaume en cherchant d'innocentes ânesses,
« Moi, ne pourrai-je pas gagner pareillement
« Du royaume du Ciel les divines richesses,
« En courant tout le jour après ces animaux ?... »
Et se fortifiant par ces saintes pensées,
La novice oubliait ses soucis et ses maux.
Elle trouvait Jésus dans ces heures passées
A garder de son mieux et l'ânesse et l'ânon...
Ecoutez ce qui suit : La novice bergère
Sous de grands noisetiers — qui depuis ont renom —
Aimait s'agenouiller, seule, dans la prière,
Pour rêver à son Dieu devenu son amant.

Or, un jour, le Sauveur vint causer avec elle
Sous les rameaux touffus de ce bosquet charmant :
Il vint lui révéler sa Passion cruelle,
Sa mort, sa sainte mort... son ineffable amour...
. . . .
Une autre fois — dit-on — sous ces mêmes ombrages,
A la Sainte le Christ venant dire bonjour,
Causait divinement en ces très doux parages,
Mais voilà qu'au plus beau de l'entretien sacré
Marguerite aperçoit l'ânesse toute folle
Qui bondit à plaisir dans le plus beau carré.
Petit Aliboron près d'elle cabriole !...
        Le désastre est complet !...

        « O mon aimable Maître,
        « Je vous quitte à regret,
        « Mais daignez me permettre
        « De faire mon emploi...
        « Il faut que je vous quitte. »

        C'est ainsi qu'à son Roi
        Parlait Sœur Marguerite !

        « Non — dit Jésus d'un ton royal —
        « Non, ma fille : *laisse les faire*
        « *Car ils ne feront pas de mal...* »

        Une sœur témoin oculaire
        Des ébats du couple mutin,
        Des fenêtres du Monastère,
        Disait : « Tout perdu !! c'est certain ! »

Mais ô surprise, ô quel mystère :
Lorsque l'on voulut des dégats
Constater les nombreuses traces :
Rien, pas même empreintes de pas !

. . . .

Béni soit Jésus dans ses grâces !

Enfin brilla le jour de la Profession,
Délicieux transports ! Marguerite ravie,
Tremblante de bonheur, pâle d'émotion,
S'unit au Dieu d'amour et lui donna sa vie.
Portant son propre deuil, sous le drap noir des morts,
Elle se prosterna la face contre terre ;
C'était vouer son âme au plus heureux des sorts,
C'était trouver la vie en cette mort austère.
Le Seigneur lui disait : « Je t'épouse à jamais »
Et, tandis que son cœur battait contre les dalles,
Une voix lui criait : « Tu seras désormais
Ma fille. » Ainsi la voix de saint François de Sales
Du cœur de son enfant bannissant toute peur,
Disait mille secrets d'amour à Marguerite.

. . . .

Les glas tintaient sa mort, mais voilà que, stupeur !
Secouant le drap noir, la morte ressuscite...

« Oui, *Surge qui dormis* !!... debout, vous qui dormez !
« Entendez-vous du Christ les appels bien-aimés ?... »

A cet ordre sacré se dresse la novice
Et lorsqu'aux yeux de tous elle apparut soudain
Elle avait épousé douleur et sacrifice
Et sur le Crucifix posé sa blanche main...
Sous le voile des morts se fit le mariage :
La Croix avait uni Marguerite à Jésus.
O céleste union !... ô bonheur sans nuage :
A qui le Christ s'allie, il ne faut rien de plus !...
　　　O Jésus ! que vous rendre,
　　　Pour un amour si tendre ?

Les Séraphins brûlants chantèrent cet hymen,
Et lorsque des saints Vœux s'acheva la formule
Tous les anges du Ciel dirent un doux Amen :
Car la vierge leur sœur devenait leur émule.

Pour mieux éterniser telle donation
Faite en un si beau jour, Marguerite-Marie
Ecrivit de son sang la consécration
De tout son être offert en qualité d'hostie...
Oui, de son propre sang joyeuse elle imprima
Le contrat merveilleux, et son âme brûlante
Esclave de Jésus pour toujours s'y nomma
Et puis elle ajouta sur la page sanglante :
« *Tout en Dieu... rien en moi... Tout à Dieu rien à moi...*
« *Tout pour Dieu... rien pour moi !...* » Suivait la signature
De l'heureuse professe, épouse du Grand Roi...
Ainsi le Créateur ravit la Créature !!...

« A partir de ce jour je serai ton Epoux »
Dit l'aimable Sauveur à la jeune professe...
« Tu seras le jouet de mon amour jaloux »

Lui dit une autre fois le Dieu plein de tendresse
Et telle fut alors l'abondance des fleurs
Qui vinrent couronner cette épouse nouvelle,
Qu'au sommet du Thabor elle versa des pleurs
En réclamant des croix et l'épine cruelle.

« Chaque chose en son temps » disait notre Seigneur
« Laisse-moi faire »... Un jour Marguerite réplique
Qu'il lui faut à tout prix le lot de la douleur ;
Alors le Roi divin, écoutant sa supplique
      Découvre à ses yeux une croix
      De fleurs tellement parsemée
      Que l'on n'en voyait plus le bois...
      « Voici ma douce bien aimée:
« Voici — dit le Bon Maître — un lit jonché de fleurs,
« Mais, petit à petit, tombant une par une,
« Les fleurs laisseront voir l'épine des douleurs :
« La Croix te restera sans fleurette importune !
« Alors il te faudra la force de l'amour
« Pour t'aider à porter une charge onéreuse.
« Rappelle-toi cela lorsque viendra le jour
« Où cette *croix de fleurs* sera *croix épineuse* »

Marguerite ravie écoutait sans frémir,
Des douleurs à venir l'austère prophétie
Car si trop de bonheur la fait si fort gémir
Son martyre avec joie elle le négocie !
Et d'aise elle se pâme en pensant que son Dieu
A son cœur a promis mille grandes tortures...
Elle n'a plus qu'un but : souffrir en ce bas lieu,
Se courber sous des croix aussi lourdes que dures,

Et dans tous ses écrits on retrouve ces mots :
« Ce n'est que la douleur qui me rend supportable.
« L'existence ici-bas... Souffrir est mon repos ! »

Des Visitations bien frugale est la table,
Mais encore c'est trop pour l'héroïque sœur,
Elle mêle de cendre ou parsème d'absinthe
Chaque mets qu'on lui sert... Non, non, point de douceur :
C'est en souffrant toujours qu'on devient une sainte !

Elle bravait la soif, se privant de boisson
Au point qu'elle passa cinquante jours sans boire,
Et ses historiens disent à l'unisson
Que la croix devenait sa table au réfectoire !
Forcée à boire un peu par ses Supérieurs,
Marguerite, du moins, usait si bien de fraude
Qu'en été bien souvent ruisselant de sueurs
Elle buvait de l'eau... mais de l'eau toute chaude !

Elle jonchait son lit de têts de pots cassés,
De débris meurtrissants, de planches raboteuses,
Et c'était le bonheur quand ses membres blessés
Disaient pendant la nuit leurs plaintes souffreteuses !
Quand l'amour a juré de se martyriser
Le sacrifice, seul, a droit de le baiser !...
                O sainte, continue
                A chercher des douleurs...
                Aspire à la croix nue
                Et nourris toi de pleurs...
. . . .

Oui vraiment la douleur restait la nourriture
De cette ravissante et chaste créature.
Elle allait au devant du Saint Renoncement
Comme d'autres souvent recherchent l'agrément...
Rien ne la rebutait et son histoire abonde
Des actes merveilleux où l'amour la poussait.
Un jour qu'elle soignait une sœur moribonde
Qui, souffrant d'un cancer d'estomac, vomissait ;
La Sainte nettoya de sa langue charmante
L'affreux vomissement en disant à Jésus :
Que pour Lui, pour Lui seul, sa tendresse d'amante
Voudrait certainement faire mille fois plus !
« Si j'avais mille corps, mille amours, mille vies
« A l'immolation je voudrais les vouer ! »
Disait la Bienheureuse en ses ardeurs ravies :
Tout asservir à Dieu, L'aimer et Le louer
      C'était le but unique
      De sa vie héroïque !...
« Jésus-Christ ! Jésus-Christ ! » disait-elle parfois,
Et tel était le ton de tendresse infinie
Qu'elle avait en disant le Nom du Roi des rois,
Qu'avec elle on tombait dans l'extase bénie.

« Si pour trouver mon Dieu, pour aller à Jésus,
« Il me fallait passer par un chemin de flamme,
« Sans hésiter j'irais, j'irais même pieds nus
« Par ce chemin de feu » disait-elle en son âme.
Et puis elle ajoutait : « Je voudrais aimer Dieu
« Comme les Séraphins !!... Je me trompe, peut-être,
« Mais j'aimerais l'aimer jusqu'en l'infernal lieu :
« Dans le fond des enfers... O douleur ! mon bon Maître,
« Il est donc par le monde un abîme maudit

« Où pour toujours, *toujours*, des âmes rachetées
« Par tant de Sang divin que leur Dieu répandit,
« Mais par l'affreux péché loin de lui rejetées,
• Vivront sans vous aimer, Amour si généreux ??...
« Dieu, si Vous le vouliez, (*pourvu que je vous aime*),
• Je consens à l'enfer, à ses tourments affreux,
« Si je puis vous aimer de tout cet amour même
« Qu'auraient pu vous donner dans la cité des Cieux
« Les âmes que Satan gardera pour sa proie !... »

O sublime folie !!... amour délicieux :
L'enfer semé d'amour serait donc une joie ??...

Mais laissons de Satan l'empire ténébreux :
L'amour n'y fleurit point et la haine l'habite,
C'est trop triste de voir les damnés malheureux :
Allons devant l'autel retrouver Marguerite.
Depuis le jour béni de sa Profession
Jésus, de plus en plus, conquérait tout son être ;
Du temps elle perdait souvent la notion
Lorsqu'à genoux, au chœur, elle adorait son Maître.
On la voyait alors passer des demi jours
Sans faire un mouvement dans sa pose extatique,
Elle ne voyait rien... en extase toujours
Elle vivait de Dieu dans l'union mystique ;
Plusieurs fois on la vit demeurer à genoux
« *Comme marbre* », immobile, et ce pendant douze heures.
Après on lui disait : « Ma sœur que faites-vous ?
« Dieu vous emporte-t-Il aux célestes demeures ? »
Mais elle, simplement, répondait : « Je ne sais
« Si dans ce temps d'amour encore je possède
« Mon corps... car mon esprit subit de tels attraits !

« Aux lois du saint Amour faut-il pas que tout cède ! »
Cependant un seul mot avait le grand pouvoir
De réveiller soudain la céleste endormie :
Au nom d'*Obéissance* il était beau de voir
Que Dieu même rendait libre sa douce amie...
C'était parmi les sœurs un grand étonnement
De voir l'étrange état de la jeune professe.
Les élèves aussi proclamaient hautement
Qu'en ces lieux Dieu faisait des miracles sans cesse.
Le bruit s'en répandant bientôt dans la cité,
Le peuple allait plus loin : le peuple est un prophète ;
Sa voix, voix de Dieu, parle et dit la Vérité.
Pour adorer Jésus, aux jours de grande fête,
Lorsqu'on ouvrait du chœur la grille aux noirs verroux,
Les fidèles pressés dans la pieuse enceinte
Se désignaient du doigt Marguerite à genoux
Et, l'honorant déjà, disaient : *Voilà la sainte !!*

Mais « la Sainte » restait dans le ravissement,
Elle n'entendait point ce que l'on disait d'elle,
Son cœur était plus haut que le bleu firmament,
Et son corps seul restait « de marbre » à la chapelle.

CHAPITRE VII

Après tant de faveurs dont le divin Epoux
Comblait royalement sa vierge Marguerite ;
Après tant de bienfaits, de mystères si doux,
Que pouvait-il manquer à cette favorite ?...

Elle avait hérité de ces clous tout sanglants
Qui fixèrent Jésus sur sa Croix rédemptrice ;
Les vœux, comme trois clous, ou trois joyaux brillants,
Fixaient sa mission d'âme réparatrice...
Elle avait vu de Dieu l'adorable Beauté ;
Elle avait vu du Christ le ravissant visage ;
Elle avait vu Jésus, Fleur de virginité,
L'épouser sur la croix... ô divin mariage !...

6

Elle avait vu sa main si souvent la bénir ;
Elle avait vu ses pieds se poser si près d'elle ;
Elle avait vu son bras toujours la soutenir...
Elle avait contemplé la Splendeur éternelle
Se voilant sous les traits de l'Homme des douleurs...
L'*Ecce-Homo* sanglant, indicible spectacle,
Etait venu, jadis, la disputer aux fleurs
Et fixer son amour au pied du Tabernacle...
Sur l'adorable Corps, elle aurait pu compter
Du Sauveur mutilé les horribles blessures,
Mais jamais, non, jamais elle n'eût pu conter
Les miracles que Dieu fait pour les âmes pures.
Elle en était comblée, et son cœur confondu,
Tressaillant dans l'amour et la reconnaissance,
Répétait : « Mon Sauveur, au néant rien n'est dû.
« Suspendez vos bienfaits, votre condescendance !! »

Mais l'Ecraseur d'amour n'écoutait point ces cris
Et, plus s'humiliait son heureuse victime,
Plus d'elle s'approchait le divin Jésus-Christ ;
Plus à son cœur de vierge il devenait intime,
Plus Il la ravissait, et nous touchons au jour
Où l'adorable Epoux, Jésus, Fils de Marie,
Ne pouvant contenir l'excès de son amour,
Va révéler son Cœur à sa vierge chérie !

O scène indescriptible... adorable tableau...
Pour vous rendre il faudrait un hymne de louanges ;
Pour vous peindre il faudrait un céleste pinceau
Et pour vous contempler la pureté des anges !...
. . . .

C'est le mois de décembre, il fait froid à Paray.
Le Ciel est d'un gris noir... la neige tourbillonne...
Plus de fleurs, ni d'oiseaux... c'est l'hiver, c'est bien vrai !
Mais dans l'humble couvent la Lumière rayonne ;
Elle vient de l'autel, et répand la chaleur :
Il n'a point froid celui qui vit de la prière ;
Que peut le noir hiver sur notre amour en fleur ?
Jésus, c'est le soleil des âmes, leur Lumière !

Or, devant Dieu caché dans le Saint Sacrement
Marguerite, fêtant saint Jean l'Evangéliste, [1]
Tombe dans le sommeil d'un grand ravissement.
C'est le feu de l'amour qui vient à l'improviste
L'embraser, la ravir... « Marguerite, ma Sœur,
« Tes yeux ont de Jésus souvent vu le sourire,
« Les larmes et le Sang : tu n'as pas vu son Cœ
« Le voile de sa chair devant toi se déchire,
« Et ce divin Jésus que ton âme aime tant
« Te montre à découvert son Cœur tout p?

Voici l'instant sacré qui brille et t'illu·
Sur le Cœur de ton Dieu tu peux te
Pour toi le doux Sauveur entr'ouv
Des flammes de son Cœur il te v·

[1] 27 Décembre 1673.

Le Cœur sacré du Christ, le seul Cœur adorable,
Le cœur de l'Homme-Dieu qui fut blessé pour nous,
Le Cœur du Roi des cœurs, ce Cœur incomparable,
Le voilà devant toi... C'est le Cœur humble et doux !
Que tout tremble et s'émeuve au fin fond de ton âme,
Jésus vient te montrer pour la première fois
Ce qu'est ce Cœur sacré transpercé sur la Croix,
Ce Cœur tout rayonnant, plus brillant que la flamme,
Ce Cœur plus transparent que ne l'est le cristal,
Ce Cœur gardant toujours sa blessure béante,
Une Croix le surmonte en signe triomphal,
Des épines en font la couronne sanglante...
O Cœur de mon Jésus ! ô Cœur de l'Homme-Dieu,
Cœur sur qui reposa Jean le soir de la Cène,
Aujourd'hui vous offrez à Marguerite en feu
Le même doux repos... Sainte et divine scène !!

Mais, silence, écoutons ! c'est la voix du Seigneur :
« Je ne peux plus, dit-Il à l'humble Marguerite,
« Contenir plus longtemps les flammes de mon Cœur,
« Il faut, par ton canal, que le monde en hérite.
« Pour les hommes je suis passionné d'amour,
« Je prends, pour les combler, ton intermédiaire.
« Tous ils me sont si chers ! c'est pourquoi, dans ce jour,
« Je te dis mes secrets... Je ne peux plus les taire,
« Car je veux la sauver, la pauvre humanité ;
« C'est toi que je choisis, abime d'ignorance,
« Autant que de faiblesse et de simplicité,
« Afin que tout soit fait par ma Toute Puissance. »

⚜

Ainsi parle le doux Sauveur
Puis Il demande à Marguerite :
« Voudrais-tu me donner ton cœur ? »
La Bienheureuse point n'hésite
Et l'adorable Bien Aimé
Le met dans le sien tout de flamme :
Il y fut vite consumé
Comme un atome... O Dieu ! quel drame !
Ensuite Jésus de sa main,
Puisant dans la sainte fournaise,
En retire le cœur soudain,
Et la sainte, se pâmant d'aise,
Comme un rubis étincelant
Reçoit un nouveau cœur brûlant :
C'était une vive étincelle
Des flammes de l'Amour divin,
Que Dieu donnait pour cœur à celle
Qui doit l'aimer en Séraphin

Jusqu'ici, lui dit le Bon Maître,
D'*esclave* tu prenais le nom,
Maintenant je veux te permettre
De prendre un glorieux surnom :
Désormais ton âme charmée
Portera le titre vainqueur
De : *La disciple bien-aimée*
De l'adorable Sacré-Cœur !

Après s'être ainsi reposée
Sur la poitrine du Sauveur,
Marguerite tout embrasée
Par les flammes du Sacré-Cœur,
Etait comme hors d'elle-même...
Après un tel ravissement,
Vivre, lui devint peine extrême,
Se récréer, un grand tourment,
Boire, manger, un vrai martyre...
On n'en pouvait tirer deux mots !
En revanche, elle eût voulu dire
A tous ses prétendus défauts,
Devant les sœurs, au réfectoire
Faire haut sa confession ;
L'humilité — c'était notoire —
Restait sa consolation.
Elle l'avait si bien comprise
Sur le sein de son doux Jésus,
Elle en était si fort éprise,
Qu'elle ne voulait rien de plus !
Et, toujours plus anéantie
Sous le poids des saintes faveurs,
Elle voilait de modestie
Ses vertus comme ses ferveurs.
Se croyant la plus criminelle
Des créatures du Bon Dieu,
Cette innocente tourterelle
Semblait avoir émis le vœu
D'écraser la pauvre nature
Sous des excès d'humilité :
Ainsi Marguerite la pure
Croyait à son indignité !!

Tel fut le premier fruit que la divine empreinte
    De l'adorable Cœur
Fit germer en celui de la très chère Sainte
    Epouse du Sauveur !
Mais un autre bienfait consacra la mémoire
    De cette vision.
O très doux souvenir ! délicieuse histoire,
    Céleste pamoison !
Blessure de l'amour, stigmate ineffaçable...
    O coup par Dieu porté :
Notre sainte garda toujours inguérissable
    Une plaie au côté !!
On ne la voyait point, mais sa douleur intense
    Délicieusement
Faisait brûler d'amour, brûler sans résistance,
    La vierge au cœur aimant !

Et, chaque mois, depuis, lorsque brille l'aurore
Du « *Premier Vendredi* », le divin Bien-Aimé,
Montrant son Sacré-Cœur, vient raviver encore
L'ineffable tourment du stigmate imprimé !

« Comme un astre, un soleil de lumière éclatante
« Dont les rayons divins sur moi tombent d'aplomb,
« Je vois le Sacré-Cœur — disait la vierge aimante —
« Et sous ce feu d'amour tout mon être se fond...
« Tellement embrasé dans ses ardeurs si tendres,
« Qu'il me semble, parfois, que ce feu consumant
« Va me dévorer toute et me réduire en cendres !! »

Et, dans le plus profond de son cœur tout aimant,
Marguerite gardait le secret adorable

Du Cœur de son Jésus... Sans se préoccuper
De cette mission, pour elle inexplicable,
D'aller chercher des cœurs afin de les grouper
Autour du Roi des cœurs, elle reprit sa vie
De calme, de prière, et fit, pendant six mois
De si touchants progrès, qu'à son âme ravie
Dieu va montrer son Cœur une seconde fois !!

Un jour, [1] les bras croisés sur sa chaste poitrine,
Marguerite adorait la Majesté divine ;
Fixant sur l'ostensoir ses grands yeux de velours,
En dépit de la grille aux barreaux noirs et lourds,
Elle voyait si bien la lumineuse Hostie,
Qu'elle s'extasiait devant l'Eucharistie...
Mais, soudain, ô prodige ! un nuage de feu
Vient recouvrir l'autel, éclairer le saint Lieu,
Et, plus prompt que l'éclair, descendant de son trône,
Le blond Nazaréen vient vers elle en personne !!
C'était Lui, l'Adorable et l'Immense : Hosanna !!
Et le voyant si beau, la sainte frissonna !...
C'était le Roi des cœurs, c'était le Roi des âmes ;
Tandis que de son corps jaillissaient mille flammes,
Des blessures du Christ rayonnaient cinq soleils
Aux feux étincelants, aux rayons non pareils,
Mais les flammes sortaient surtout de sa poitrine,
C'état *là* le foyer de fournaise divine...

[1] 1674.

Or, voilà que, soudain la fournaise s'ouvrit,
Et son Cœur à nouveau, Jésus le découvrit,
Dans un élan divin, comme la source vive
De ces gerbes de feu que tant d'amour avive !

Voyant de son Jésus la poitrine s'ouvrir,
La pauvre fille crut qu'elle en allait mourir !
N'était-ce pas le Ciel ?... était-ce encor la terre,
Qu'un spectacle pareil, qu'un semblable mystère ?...
Tremblante elle fixait ce Dieu devant lequel
Les brillants Séraphins se voilent dans le Ciel,
Lorsqu'ouvrant, tout à coup, ses lèvres adorables,
Jésus-Christ fulmina ces plaintes mémorables :
« J'ai porté mon amour jusqu'aux derniers excès ;
« Oui, dans ma passion n'ai-je point fait assez... ?
« Les hommes cependant, dans leur ingratitude,
« Ne savent qu'abuser de ma mansuétude.
« S'ils me donnaient encor quelques preuves d'amour,
« Et s'ils payaient le mien du plus petit retour,
« Moi j'estimerais peu mes divines souffrances,
« Et mon Cœur pousserait si loin ses complaisances,
« Que si possible était de souffrir encor plus,
« L'amour du Rédempteur n'en ferait point refus !
« L'ingratitude humaine est pour moi plus sensible
« Que ce que j'ai souffert de torture indicible.
« Ma sainte Passion m'offrit moins de tourments
« Que l'homme ne m'en fait par ses délaissements ;
« Ses froideurs, ses rebuts ont payé mes tendresses !
« Ma fille, toi, du moins, je veux que tu t'empresses

« De consoler mon Cœur pour tant d'hommes ingrats ;
« Répare donc pour eux autant que tu pourras,
« Tâche de suppléer à leurs ingratitudes,
« Donne-moi de l'amour pour tant de multitudes !! »

. . . .

     Devant un tel commandement,
     Marguerite hors d'elle-même,
     Sentit un grand frémissement
     Et sa frayeur devint extrême...

     Osant parler au Rédempteur
     Elle dit, comme en confidence,
     Que pour consoler son Sauveur
     « Trop grande est son insuffisance ! »

     « Tiens, voilà de quoi suppléer
     « A tout ce qui te manque »... O joie !
     Ce disant, le Cœur qui flamboie,
     S'ouvre... et daigne bien agréer
     Que de lui s'échappe une flamme
     Laquelle s'en va dans le cœur
     De Marguerite qui s'enflamme
     Et croit mourir de son ardeur !!

Elle criait : « Pitié, pitié, Souverain Maître...
« Aux lois du Sacré-Cœur je veux bien me soumettre,
     « Mais, je me sens brûler... Grand Dieu,
     « Modérez, modérez ce feu,
     « Ou, trop faible, quoique charmée,
     « Je vais en être consumée !... »

    . . . .

Mais l'auteur de tout bien
Répondit : « Ne crains rien
« O ma fille chérie,
« *Car je serai ta force...* Ecoute seulement
« Ce que je veux de toi pour l'accomplissement
» De mes desseins... Ecoute et réponds, je t'en prie,
« Aux désirs dont mon cœur a conçu le doux plan.
« Or, l'un de ces désirs est que tu communies
« *Le premier vendredi* de chaque mois de l'an,
« Avec un grand amour, et que tu t'ingénies
        « A faire de ton mieux
        « Une Amende honorable
        « A mon Cœur adorable...
        « Le Cœur du Roi des Cieux !! »

« Le Premier Vendredi du Mois », sainte journée,
Fut ainsi réclamé par le Maître adoré,
Il en voulait l'offrande : elle lui fut donnée !
Sans cesse depuis lors en ce jour consacré
Le divin Cœur reçoit sur la terre un hommage
Si suave et si pur que le Dieu tout puissant
Ne saurait s'en passer... L'amour le dédommage
De l'oubli des ingrats par des pleurs et du sang.
Oui, dans ce béni jour l'essaim des âmes pures,
Celui des repentants et des saints convertis

Donnent au Sacré-Cœur pour toutes créatures
Le tribut qui répare... Heureux assujettis,
Nous, les Gardes-d'Honneur, nous les chastes convives
Du festin de l'Amour, « le Premier Vendredi »
Nous buvons à longs traits à la source d'eaux vives
Et, pour payer l'Amour, dans un élan hardi,
Nous rendons à Jésus des larmes pour des larmes,
Des soupirs pour soupirs et... du sang pour du sang !
Nous prions pour tous ceux qui méprisent les charmes
Et les si doux attraits du Sauveur ravissant...
Nous souffrons et voulons boire à l'amer calice !
Tandis que les mondains s'elancent vers la fleur,
Demandent qu'en tous lieux, à tout prix, on jouisse,
Nous, dans nos rangs, disons : Amour au Sacré-Cœur !
Pressés devant l'autel, nous recevons l'Hostie,
Et nous passons ce jour dans l'Expiation :
Le Sauveur nous instruit dans son Eucharistie,
Et nous n'avons qu'un but : la Réparation !!
. . . .
Mais ce n'est pas assez du jour pour que l'on veille
Près du grand Inconnu, près du Cœur incompris ;
Pour adorer ce Cœur, éternelle Merveille,
Le consoler un peu de tant d'affreux mépris,
Dites, ne faut-il pas qu'aux heures des ténèbres
Des cœurs soient là, veillant près du Cœur de leur Dieu ?
Voyez, la terre étend des ombres si funèbres
Sur ce Veilleur d'amour qui réside au saint Lieu !
C'est le froid, l'abandon du Jardin des Olives :
Ils sont bien plus que trois ceux qui dorment, hélas !
Et Jésus reste seul, malgré les récidives
De ses touchants appels... Pour Lui le monde est las,
Il mesure l'amour... il compte les visites,
Il dort... Et Jésus veille en appelant les siens...

Ces appels de son Dieu, ces divines redites,
Marguerite les fait passer à tous chrétiens
Lorsqu'elle nous décrit Jésus disant sa plainte,
Lorsqu'elle nous le montre offrant son divin Cœur ;
Et réclamant en Dieu qu'on fasse l'*Heure Sainte*
Pour calmer sa justice et venger sa douleur,

Ordre divin ! qu'entendit Marguerite,
Pratique d'or, partout bientôt inscrite :
C'est le devoir que l'Epoux lui prescrit,
Qu'attend du sien le Cœur de Jésus-Christ,
Devoir connu sous le nom « *d'Heure Sainte* »
Sublime nom que notre chère sainte
Grave au cadran des Amis du Bon Dieu
Et qui les réunit autour du Cœur de feu !

« Je veux — dit le Sauveur à sa chère disciple —
« Je veux, ma fille, avoir de toi preuve multiple,
« Gages compatissants de tendresse et d'amour.

« Ces preuves je les veux la nuit comme le jour
« Et c'est pourquoi bientôt de nouvelles souffrances
« Viendront fondre sur toi comme des préférences.
« Je veux chaque semaine, en la nuit du jeudi,
« Dans l'heure précédant celle du Vendredi,
« Que ton cœur virginal ressente la tristesse,
« L'agonie et douleur de mon âme en détresse !
« Je veux te faire boire au calice de fiel
« Et te faire entrevoir ce qu'un ange du Ciel

« Vint alors présenter à mon âme accablée
« Sous l'effroyable poids d'une affre inconsolée,
« Je voudrais te conduire au Jardin de douleur,
« Je voudrais t'y parler, t'y montrer ma pâleur,
« Te mettre sous les yeux et mes sueurs sanglantes
« Et mes soupirs divins et mes larmes brûlantes,
« Te faire ressentir la tristesse de mort
« Que voulut ressentir ton Maître, le Dieu fort !
. . . .

« Elle se réduira, cette amère tristesse,
« A des transes de mort plus dures à souffrir
« Que le trépas lui-même à l'heure qu'il oppresse,
« Car : mourir c'est bien moins qu'à cet état s'offrir !
« Je te veux à ma suite au Jardin des Olives,
« Pour tenir compagnie à mon cœur affligé,
« Pour prendre quelque part à ses douleurs si vives :
« De leur poids écrasant il veut être allégé !
« Tu m'accompagneras dans cette humble prière
« Qu'au sein de mon angoisse alors je présentai
« A mon Père irrité, pour fléchir sa colère
« Contre ces fils ingrats qu'ainsi je rachetai.
« Pour répondre à l'appel qu'en secret je t'adresse,
« Tu te lèveras donc vers onze heures de nuit
« Et, sous l'élan nouveau d'une vive tendresse,
« Tu te joindras à Moi, priant jusqu'à Minuit,
« La face contre terre et ton âme abîmée
« De regrets, de douleur, au souvenir amer
« Des outrages blessant mon Père. Fille aimée,
« Cet exercice est saint : il doit t'être fort cher.
« Une heure avec ton Dieu, la face contre terre,
« Autant pour implorer le pardon du pécheur
« Que pour mieux apaiser la divine colère
« Et me faire oublier ma cruelle douleur...

« Ce trop amer chagrin causé par ceux-là même
« Que l'amour aurait dû doucement attendrir
« Et qu'un lâche abandon, dans cet instant suprème,
« Me fit leur reprocher par trois fois de dormir...
« Il n'avait pu veiller même une petite heure
« Ce petit groupe ami qui me restait si cher,
« Et de cela mon Cœur en chagrin tant demeure
« Qu'après si longtemps c'est un souvenir amer !
« Toi, du moins sois fidèle à mieux me satisfaire.
« Chaque Jeudi, le soir, viens à mon rendez-vous :
« Mon Cœur t'enseignera tout ce que tu dois faire,
« Car l'Epoux est ton Maître et c'est un Dieu jaloux !! »

C'est ainsi que la Sainte apprit de Dieu Lui-même
Comment faire à ses pieds l'exercice pieux
De l'*Heure Sainte*, alors que la nuit sombre sème
Le silence et l'oubli sous la voûte des Cieux...

Rester près de son Dieu, lui tenir compagnie,
Alors qu'en tant de cœurs ne se voit qu'abandon,
Veiller son doux Sauveur en proie à l'agonie,
Marguerite a compris la valeur d'un tel don !

Prier, intercéder, réparer, c'est son rôle,
C'est le programme saint tracé par le Sauveur ;
« L'Heure Sainte » a surgi d'une tendre parole,
C'est le fruit d'un désir, d'un vœu du Sacré-Cœur !

Arrière le sommeil ! Quand Marguerite porte
Au Jardin des douleurs son tendre souvenir,
Lorsqu'à Gethsemani son amour la transporte
Que le nôtre l'y suive... aimons y revenir...

Le Christ à nous aussi fait entendre sa plainte :
« Mon âme est triste au point de mourir... Viens ici,
« Demeure auprès de Moi, viens faire l'*Heure Sainte*
« Et mon chagrin mortel tu l'auras adouci... »

*

Oui, Seigneur, me voilà, partageant ta tristesse,
Je viens pour consoler ton mortel abandon ;
Avec Toi, près de Toi, que je tombe en faiblesse ;
Pardon pour moi, pour tous, ô bon Jésus, pardon ;
Daigne accepter ce peu, ce trop peu de tendresse
Que de ton cœur pour Toi je reçus en pur don !
. . . .
Sous le pâle olivier, debout, vaillante armée,
Veillons une heure au moins près du Sauveur honni,
Des gouttes de son Sang la terre parsemée
Semble crier : venez tous à Gethsémani ! !
Ne sont-ils pas debout les traîtres, les infâmes,
Qui livent à Satan notre Pain consacré ?...

Ne sont-ils pas debout ces hommes et ces femmes
Qui servent de soldats à l'enfer conjuré ?...
Les entendez-vous bien vomir du fond de l'ombre
Ce blasphème effroyable : « *O Cor execrandum !* [1] »
A ce long cri d'horreur si le monde ne sombre,
C'est un miracle !! *O Cor amans et amandum,*
Vous nous aimez au point qu'oubliant la folie
Des Lucifériens, des hordes de pécheurs,
Vous préférez encor boire jusqu'à la lie
Le calice effrayant des divines douleurs !
Et vivant avec nous sur cette pauvre terre,
Vous la gardez encor sans la rendre au néant
Et vous l'illuminez, ô splendide mystère,
Des feux de votre Cœur, Amour, Amour géant !!
Pour vous rendre, ô Seigneur, quelque peu de tendresse,
Nous, vos Gardes-d'honneur, nous vous consolerons,
L'Homme enfin vous rendra caresse pour caresse...
En baisant vos deux piedss, nous vous remercierons !
O Dieu ! vous qui voulez des couronnes de vierges,
Des foules de chrétiens autour de votre Cœur,
Nous brûlerons pour Vous comme brûlent les cierges :
Nous sommes votre proie, adorable Vainqueur !!!...

---

[1] On trouve ce signe sacré (le Sacré-Cœur) reproduit sur les diplômes des plus hauts grades du Rite Luciférien Palladique avec cette inscription : *Cor execrandum,* Cœur exécrable. Mon Dieu, cet horrible blasphème contre ce Cœur infiniment aimable, fait frémir d'horreur, mais il ouvrira peut-être les yeux à plusieurs qui restent aveugles obstinés ou optimistes incorrigibles. *(Messager du Cœur de Jésus,* février 1896, page 216.)

CHAPITRE VIII

Comment la Mère de Saumaise réclama et obtint un miracle comme
  preuve de la réalité des Apparitions. — Elle consulte des
  gens de doctrine. — Perplexités. — Comment Notre-Seigneur
  annonça à sa Servante l'arrivée du Père de la Colombière.
  — Des saints et lumineux entretiens des deux Serviteurs de
  Dieu. — Troisième grande révélation. — Voilà ce cœur qui
  a tant aimé les hommes. — Notre-Seigneur demande la Fête
  de son Cœur. — La première Fête du Sacré-Cœur. — Le
  Fils de saint Ignace s'unit à la Fille de saint François de
  Sales pour offrir au Sacré-Cœur des prémices d'adoration et
  d'amour. — Fleur de Lis et Fleur de Sacerdoce s'inclinent
  les premières devant le Sacré-Cœur.

———

Après que le Sauveur eut quitté la voyante,
Après ce drame saint des divines amours,
Marguerite à tel point demeura défaillante,
Qu'on la crut arrivée au dernier de ses jours.
Il fallut l'emporter de la sainte chapelle
Sans qu'elle pût répondre un seul mot à ses sœurs ;
Celles-ci, commentant cette extase nouvelle,
Doucement bourdonnaient en essaims chuchoteurs...

« Il nous faut la mener chez notre bonne Mère »
Disaient-elles tout bas... Ce qui fut dit, fut fait.

On porta Marguerite à la cellule austère
De « la Mère » qui fut très surprise du fait,
Car Marguerite était si saintement hors d'elle
Qu'elle semblait encor dans le ravissement ! !
Mais quand elle eut narré la vision si belle,
Quand elle eut de Jésus dit le commandement,
Bien qu'elle y crût déjà, la mère de Saumaise
Feignit l'indifférence et l'incrédulité...

Mais plus on la grondait, plus elle était à l'aise
La douce Marguerite ! !... et son humilité
Se réjouit beaucoup des mille gronderies
Que lui valut alors la sainte vision...
La Mère l'accabla de vives railleries
Puis la congédia dans la confusion !
La sainte jubilait d'une joie inconnue ;
Mais depuis ce grand jour la fièvre la brûla ;
En vain la soignait-on, la fièvre continue
Ruinait tout son corps : la santé s'en alla !
Elle eut soixante accès de cette fièvre ardente,
Soixante accès de suite... et si grand fut le mal,
Que la mort approchait, paraissant imminente,
Déconcertant les soins, bravant l'art médical.

Que faire ? que tenter ?... la Mère de Saumaise
Tout soudain eut alors une inspiration...
Faut-il qu'elle la dise ou bien qu'elle la taise ?
N'est-il pas dans son plan quelque présomption ?...
Mais comme c'est Jésus qui doucement l'inspire,
Elle ose commander au Nom du doux Sauveur,

Marguerite déjà presque plus ne respire
Quand la mère lui dit : « Oyez, ma Chère Sœur,
« Ce que je veux de vous : demandez au bon Maître
« De vouloir bien guérir votre mal au plus tôt.
« A cette guérison je devrai reconnaître
« Que ce qui vous advint est bien venu d'en-haut !
« Si Jésus vous guérit, pleinement j'autorise
« Votre Communion du Premier Vendredi ;
« L'Heure-Sainte de plus vous deviendra permise
« Et vous vous lèverez chaque nuit du Jeudi !

. . . .
. . . .

« Oui, je vous le commande, et, par l'obéissance,
« Je veux qu'au doux Jésus vous demandiez cela !... »

Marguerite à souffrir mettait sa jouissance,
Mais on a *commandé* : l'obéissance est là.
Faisant taire aussitôt les désirs de son âme,
Elle demande à Dieu de vouloir la guérir !

Or, ce n'est pas en vain qu'un prodige on réclame,
Un seul mot à Jésus l'empêche de mourir :
La voilà tout d'un coup complètement guérie,
Plus de fièvre, le mal a disparu soudain :
Brillante de santé Marguerite-Marie
Se lève en bénissant l'Eternel médecin... !

Cependant — disons-le — la Mère de Saumaise
Se retrouva bientôt dans un grand embarras :
De ces évènements l'étrangeté lui pèse,
La prudence parlait et lui liait les bras.
A croire Marguerite elle était inclinée,
Mais ce qu'elle disait était si merveilleux ! !...
Tout en elle montrait une prédestinée,
Mais le diable est expert en tours fallacieux !
Elle était bien guérie, *et c'était par miracle* ;
Mais qui sait, oh ! qui sait si cela prouvait bien
Qu'il fallait croire au reste et porter au pinacle
Cette petite sœur ?... Elle n'en savait rien ! !
Cherchant à découvrir la lumière divine
La Mère consulta quelques « gens de doctrine »
Ceux-ci se méfiant de tant de visions,
Craignant de se heurter à des illusions,
De plus, mal renseignés par l'humble Bienheureuse
Qui demeurait dans l'ombre et trop silencieuse,
Ne surent point calmer la Mère qui resta
Perplexe, et dans son doute encor longtemps flotta !

Quel tourment pour le Cœur de la sainte voyante !...
Aux pieds de son Jésus, plaintive et suppliante,
Elle disait : « Seigneur ! on me l'a dit, redit,
« Ce que je sens en moi, ce n'est pas votre Esprit !
« Cependant, je ne peux échapper à la flamme
« De cet Esprit puissant qui gouverne mon âme ;
« Pour vaincre cet Esprit, comment lui résister ?...
« Seigneur, secourez-moi, je ne peux pas lutter !... »

Or, un jour écoutant cette plainte cruelle,
Le Sauveur répondit à sa vierge fidèle :

« *Prends patience et puis attends mon Serviteur* »
Et la Sainte sentit du baume dans son cœur.
Elle attendit que vint l'envoyé du Bon Maître,
Sans savoir qu'il était sur le point d'apparaître ! !

Quel sera-t-il l'ange béni
Auquel doit revenir la gloire
D'avoir le premier défini
Ce qu'il faut accepter et croire
Des révélations tombant de l'infini ?

Quel sera le doux nom de cet ange visible
Qui, pouvant rassurer la vierge de Paray,
Va lui dire ces mots d'allégresse indicible :
« Ce que vous entendez et voyez, *c'est bien vrai !* »
Celui qui la fera la lumière bénie,
De la Société de Jésus est le fils,
C'est un religieux de cette Compagnie
Qui forme tant de saints au pied du Crucifix.
    Son nom est : de la Colombière ;
Noble par la naissance, aimable quoique austère,
    Grand d'éloquence et de vertu,
Des dons les plus divers Dieu l'avait revêtu,
    Et sa pureté virginale
Sa science, à la fois mystique et doctrinale

Lui donnaient dès l'abord le droit
D'arrêter un œil clair et droit
Sur les indescriptibles drames
Du Cœur sacré s'offrant aux âmes...
Ce Cœur, le Cœur de l'Eternel,
Voulait hommage solennel :
Devant ce Cœur divin, une femme, une vierge
Avait courbé son front, tout embrasé d'amour :
Ce n'était pas assez... il faut qu'un Prêtre-vierge,
Second adorateur, se prosterne à son tour...
Jadis, au Golgotha, parmi les saintes Femmes,
Saint Jean représentait le Sacerdoce saint ;
Symbolisant alors tous les prêtres des âmes,
Il recueillait le Sang dont le Sauveur nous teint.
Ainsi devant l'autel où le Seigneur découvre
Son adorable Cœur et dicte son vouloir,
Il faut, on le devine, un prêtre qui nous ouvre
Les trésors de ce Cœur et nous le fasse voir,..
Il faut la voix du prêtre, une voix qui délie
Les lèvres de la sainte et rassure son cœur...
Il faut ce témoignage avant qu'elle publie
Les sublimes secrets livrés par le Seigneur.

. . . .

Hâtez-vous donc, ô vous dont j'aperçois la place
Se dessiner si belle en face de Jésus ! !
Hâtez-vous, hâtez-vous, ô noble fils d'Ignace,
Ici Dieu vous attend : venez, ne tardez plus !...

Il apparut enfin, cet envoyé céleste,
Cet angélique Prêtre au cœur de Séraphin,
Paray vit dans ses murs le Jésuite modeste :
Son arrivée était d'un « à propos divin ».
La douce Bienheureuse était presque à la veille
De voir le Sacré-Cœur une nouvelle fois,
Dans une vision qui reste une merveille,
     Lui dicter ses divines lois.

     Un jour, la Mère de Saumaise
Vint annoncer aux Sœurs qu'un sermon serait fait
Par un illustre Père, et qu'elle était bien aise
D'ainsi leur procurer un semblable bienfait.

On se réjouit fort de cette conférence,
Et lorsqu'on en sonna le pieux rendez-vous,
Marguerite accourut à la sainte audience :
Ouïr parler de Dieu lui paraissait si doux !

Mais à peine le Père a-t-il ouvert la bouche,
Qu'elle entend une voix lui dire : « *Le voici*
« *Celui que je t'envoie...* » O bonheur, elle touche
A l'instant décisif ! « *Dieu !* — dit-elle — *merci !* »

Puis, fidèle à souscrire au vouloir de son Maître,
En paix elle attendit l'instant mystérieux,
Sans se préoccuper, sans presque se permettre
De donner au bon Père un regard de ses yeux.

N'était-ce pas au Christ d'achever son ouvrage,
De présenter sa Fille au prêtre-directeur !...
Jésus lui répétait dans un divin langage :
  « Qu'elle était sa brebis, qu'Il était son Pasteur ! »

Vint enfin le jour de lumière :
Pour l'époque des Quatre-Temps [1],
Le Père de la Colombière,
Ouït la sainte fort longtemps.
Et plus elle s'ouvrait, plus l'humble Marguerite
Se sentait confiante au doux religieux.
  Sous l'œil de Dieu ces cœurs d'élite
  Se comprirent bien tous les deux !

« Mon père, je demeure interdite et confuse,
 « Disait-elle à genoux d'une tremblante voix ;
 « C'est Jésus que j'entends, c'est Jésus que je vois ;
   « Se pourrait-il que je m'abuse ?... »

---

[1] Les Quatre-Temps étant venus, et le Père de la Colombière ayant été chargé d'entendre les confessions de la Communauté, la Bienheureuse remarqua que, quoique le Père ne l'eût jamais vue, il lui parlait comme s'il eût connu ce qui se passait en elle.
                          Mgr BOUGAUD.

Et le père écoutait avec émotion,
Rempli d'étonnement, puis d'admiration...
« Mon père, poursuivait l'inquiète recluse,
« — Entrant dans le détail de prétendus méfaits —
« Je suis péniblement la prière vocale ;

 « Au chœur bien souvent dans ma stalle,
 « Malgré les efforts que je fais,
 « *Je demeure la bouche ouverte*
 « *Sans pouvoir prononcer un mot !*
 « Telle impuissance déconcerte
 « Mon cœur qui préfère plutôt
 « Rester dans l'oraison constante...
 « Dois-je écouter la dure voix
 « De ma piété mécontente
 « En face du meilleur des Rois ?
 « Il me poursuit de ses caresses
 « Et de mille preuves d'amour :
 « Il m'enrichit de ses richesses :
 « Je le vois la nuit et le jour. »

Le Père rassura la sainte,
Eclaira son entendement
Et de son cœur bannit la crainte :
« Il le croyait lui-même fermement,
 « C'était bien Jésus, le bon Maitre
 « Qu'elle entendait... qu'elle voyait ;
 « Il ne fallait point méconnaitre
 « Le Cœur si bon qui la choyait,
 « Mais livrer toute sa personne
 « Aux mouvements du Saint-Amour.
 « Oui, que la voyante s'adonne
 « A payer Jésus de retour ;

« Que sans cesse elle s'humilie,
« Qu'elle imite Jésus en ses abjections,
    « Et que jamais elle n'oublie
    « Ses grandes révélations... »

Il loua l'oraison mentale
Qu'elle faisait de si bon cœur ;
Mais pour la prière vocale
Il conjura la Chère Sœur
De ne pas mettre à la torture
Son âme et ses plus doux attraits :
Dieu ne voulait — qu'elle en soit sûre —
Que prières faites en paix ! !
« Simplement — dit-il — faites celles
« Que la Sainte Règle prescrit,
« Sans en ajouter de nouvelles :
« Car ainsi le veut Jésus-Christ ! »
. . . .
Il se dit encor bien des choses
Entre ces deux âmes de saints ;
L'Amour, aux projets grandioses,
L'amour et ses divins desseins
Apparut en pleine lumière
Aux yeux du sage Directeur :
Le Père de la Colombière
Avait compris le Sacré-Cœur !

Son dernier mot à Marguerite
Est de ne point se méfier
De l'esprit si doux qui l'excite :
Elle peut toujours s'y fier.

Pourquoi lui faire résistance ?
D'autant qu'il ne la tirait pas
Du chemin de l'Obéissance
Où Dieu même guidait ses pas...

. . . .

. . . .

Douce sécurité !! de sa grande parole
Le bon Père affermit Marguerite en son rôle :
Solennelle assurance ! heureuse sanction,
De sa grande, sublime et sainte mission !!...

Revenez, ô Seigneur, dans la sainte chapelle,
Donner à votre épouse une extase nouvelle ;
Montrez lui votre Cœur encore une autre fois ;
A nouveau dites-lui d'une adorable voix
De transmettre à nos cœurs la volonté du Vôtre :
Tout est prêt dans le sien pour en faire une apôtre !!

Silence, terre et ciel !... anges, étonnez-vous !
Le Christ va demander quelque chose à la terre :
Il donne à Marguerite un nouveau rendez-vous
Pour quêter de l'amour... Il ne peut plus se taire...
C'est un père qui veut que parmi ses enfants
On fasse de son Cœur la fête solennelle...
C'est un Epoux qui tend ses deux bras triomphants
Pour presser sur son Cœur son Eglise immortelle ;
C'est un Frère, un Sauveur, c'est Jésus avec nous...
Celui que l'on blessa d'un coup de javeline
En plein cœur sur sa croix... (vous en souvenez-vous ?!)
Sous le regard navré de sa Mère divine...

C'est un Dieu qui vers l'homme avec amour s'élance
En ouvrant sa poitrine et découvrant son Cœur,
Un Cœur d'épines ceint et blessé par la lance,
Un Cœur ensanglanté, mais qui bat en vainqueur...

O divin Echappé du Ciel de votre Père,
Et du Saint-Tabernacle... ò Jésus ! ò Jésus !
C'est donc vrai ?... Vous montrez votre Cœur à la terre !
Pourquoi tant nous aimer, malgré tant de rebuts ?
Pourquoi nous vouloir tous au pied de votre trône,
Car c'est l'humanité tout entière, Seigneur,
Qu'embrasse votre amour dans la frêle personne
D'une vierge adorant à genoux votre Cœur...

Un jour — c'était en Juin [1] — cette vierge angélique,
Anéantie au pied du trône eucharistique,
Sous le voile léger fait de fleur de froment,
Adorait son Jésus, lorsque ce doux Amant
Manifesta soudain sa Présence réelle,
Et cette vision demeure la plus belle...
Sur le petit autel de ce béni couvent,
Ainsi réapparaît le Fils du Dieu vivant,
En découvrant son Cœur, ce Cœur plein de tendresse
Qui ne sait plus cacher la douleur qui l'oppresse :

[1] 16 juin 1675.

« Ma fille — dit le Christ — en désignant son Cœur

« Aux regards éblouis de la Visitandine :

« Voici le Cœur si doux de ton Epoux Sauveur !

« Je chéris les humains de tendresse divine :

    « VOILA CE CŒUR QUI LES A TANT AIMÉS ! »

— Et le Maître poursuit ses discours enflammés : —

« Il n'a rien épargné, jusqu'à s'épuiser même

    « Jusqu'à se consumer d'Amour...

« Mais hélas ! la plupart de ces hommes que j'aime

    « Que me donnent-ils en retour ?

« Froideur, ingratitude et sacrilège horrible

« Vont payant mon Amour au Très Saint Sacrement :

« Et, ma fille, sais-tu, ce qui m'est plus pénible ?

» Ajouta le Sauveur, s'arrêtant un moment,

« Et d'un ton doux et triste impossible à décrire :

« *C'est que ce sont des cœurs qui me sont consacrés !!* »

. . . .

Ensuite le Sauveur la pria de souscrire

Aux désirs de son Cœur, à ses plans adorés :

Il voulait dans l'Eglise une fête touchante

Un jour tout à son cœur qu'il fallait honorer.

Une fête du Ciel pour qu'on l'adore et chante,

Une fête d'amour pour aimer, réparer !...

« Ma fille, lui dit-il, ta mission est grande :

« Tu seras de mon Cœur l'apôtre à l'avenir ;

    « Ecoute et retiens ma demande :

« Je désire, et je veux par toi-même obtenir,

« *Qu'au Premier Vendredi d'après la douce Octave*

« *Du Très-Saint-Sacrement, on établisse alors*

« *En l'honneur de mon Cœur une fête suave*

« *Pour honorer ce Cœur et chanter ses trésors.*

« Qu'en ce jour *communient*
« Tous mes Adorateurs,
« Que tous me glorifient
« En dévots Serviteurs ;
« Qu'à mon Cœur adorable
« Ils fassent de leur mieux
« *Une amende honorable*
« Pour tous les oublieux
« Qui ne veulent m'entendre ;
« Pour tant d'indignités
« Que reçoit mon Cœur tendre
« A travers ses bontés.
« Alors, se dilatant pour répandre ses grâces,
« Sur tous ceux qui viendront me rendre ces honneurs,
« Ou qui me conduiront les endurcis pécheurs,
« Mon Cœur leur donnera des secours efficaces.
« Oui, je te le promets, je répandrai sur eux
« Avec profusion et grandes affluences
« De l'Amour de mon Cœur les saintes influences. »

Ainsi le doux Sauveur fit connaitre ses vœux !
Au comble du bonheur, Marguerite-Marie
S'humiliait bien bas, frémissait attendrie,
Mais elle restait calme et sans s'inquiéter
Des grands moyens à prendre afin de s'acquitter
Du message important dont la chargeait son Maître.
Puisque Jésus le veut, Il saura bien permettre
Qu'elle trouve la force, et la grâce et le feu
Pour faire aimer de tous le Cœur de son Grand Dieu !
Aussi l'entendons-nous lui demander sans crainte :
« Seigneur ! comment ferai-je ? » Et Jésus à la sainte :

« Ma fille adresse-toi de la part du Seigneur,
« En toute confiance, à mon bon serviteur,
« A celui qu'envoya vers toi mon Cœur Lui-même
« Pour l'accomplissement de ce dessein suprême »

Marguerite comprit que le Seigneur nommait
Le fils de Saint Ignace et que son Cœur l'aimait
    Au Père de la Colombière
    Elle transmit de son Jésus
    Par écrit le vœu, la prière :
    Tout le discours : ni moins, ni plus !

    Ayant lu d'un bout jusqu'à l'autre,
    Le saint manuscrit mot par mot,
    La Colombière, à l'œil d'apôtre
    Eclairé d'un rayon d'en-haut,
    Répondit à la Bienheureuse :
    « Tout vient du Seigneur : c'est bien vrai ! »
    Lors, de plus en plus radieuse,
    La douce vierge de Paray
    Quand vint l'aurore de la fête [1],
    Vingt-et-unième jour de juin,
    Dans une allégresse parfaite
    Fêta le Cœur du Roi divin !
    Le Père de la Colombière,

---

[1] C'était le vendredi 21 Juin 1675, lendemain de l'Octave du Saint-Sacrement, le jour même qui venait d'être désigné par Notre-Seigneur pour être à jamais le jour de fête de son Cœur adorable.

BOUGAUD.

Premier prêtre du Sacré-Cœur,
En ce jour de *Fête première*
Brûlant d'amour et de ferveur,
S'unit à l'humble Marguerite
Pour se consacrer pleinement
Au Cœur divin qui sollicite
Des nôtres chaque battement !
Or cela se fit au jour même
Désigné par Notre Seigneur
Pour être la fête suprême
De son Très Adorable Cœur !

Ainsi Notre-Seigneur agréa les prémices
Des adorations de notre humanité
Dans l'hommage d'amour que la fidélité
D'un prêtre et d'une vierge offrit avec délices
A son Cœur adorable !... O radieux matin !
Triomphe ravissant ! solennité précoce,
Cène d'amour parfait, qui livre au Cœur divin
Avec la fleur du lis la fleur du Sacerdoce !!

CHAPITRE IX

Après le beau temps, les orages. — Toute tournée du côté du Ciel,
Marguerite semble ne rien comprendre aux choses de la terre.
— A la cuisine, elle casse tout. — A l'infirmerie, elle manque
d'activité. — Au pensionnat, elle est distraite. — Partout elle
est maladroite, mais partout elle est Sainte. — Etranges maladies. — Extraordinaires guérisons. — Murmures des Sœurs.
— On asperge Marguerite d'eau bénite parce qu'on la croit
possédée — Courroux divin. — Comment Notre-Seigneur
réclame une solennelle Expiation. — La paix se conclut. —
Du départ de la Mère de Saumaise et de l'arrivée de la Mère
Greyfié. — Humiliation. — Sacrifice.

———

On l'a dit, redit maintes fois :
L'Amour vrai ne vit que de croix.
Après le beau temps les orages :
Ici-bas point n'est de parages
Où persévère le bonheur
Sans mélange de la douleur,
Où l'allégresse continue
Des pauvres humains soit connue !

Marguerite, une fois de plus,
Va souffrir pour son doux Jésus :

Le Père de la Colombière
Partit bientôt pour l'Angleterre
Laissant la sainte sans soutien :
Dieu lui dit : « Je te suffis bien. »
Comme on ignorait autour d'elle
Sa mission sainte et si belle,
De moins en moins comprenait-on
De sa ferveur l'étrange ton !
Elle vivait dans les espaces,
Traversait si mystiques passes,
Qu'on se disait : « Dans ce cerveau
« Que s'agite-t-il de nouveau ? »
Elle était des heures entières
Au chœur dans de longues prières ;
Qu'étaient donc ces levers de nuit,
Et ces oraisons de Minuit ?
C'était contre les Observances !
Et puis qu'étaient ces défaillances,
Qui la prenaient parfois si fort,
Qu'on la croyait près de la mort
Et qu'on l'emportait consumée
Hors du chœur tout inanimée ?...

« Pourquoi toujours à deux genoux
« Travaille-t-elle parmi nous ? »
— Disaient les sœurs, fort soucieuses
Des coutumes religieuses. —
Ne pourrait-elle pas s'asseoir ?....

Mais non, du matin jusqu'au soir,
En oraison continuelle,
Voyant son Jésus devant elle,

Travaillant sous son doux regard,
Pour l'honorer d'un tendre égard,
On la voyait émerveillée
Rester sans cesse agenouillée,
Souvent distraite et l'air béat...

. . . .

Que faire d'elle en cet état ?...
On l'avait mise à la cuisine,
Mais qu'y fit-elle ?... On le devine...
Tout tombait de ses blanches mains
Malgré ses efforts surhumains...
On comprit que la casserole
N'entrerait jamais dans son rôle...

A l'Infirmerie elle alla,
Héroïque s'y révéla
Mais sans sortir de sa prière !
Or, pour une Sœur Infirmière
Il fallait plus d'activité :
On lui rendit sa liberté !!...

Plus tard la Révérende Mère
Un autre titre lui confère
On la mit au Pensionnat
Force fût qu'elle s'adonnât
Aux emplois nouveaux de Maîtresse :
Elle y déploya sa tendresse,
Et si sainte parut dès lors
Aux fillettes qu'en leurs transports
Elles avaient pris l'habitude,
Quand elles sortaient de l'étude,

De lui couper des bouts de ses habits
Et, les marquant de signes authentiques,
Les partageaient en morceaux tout petits :
Et puis les emportaient « pour faire des reliques. »

On ne put donc laisser longtemps la sainte sœur,
Malgré sa bonté, sa douceur,
Près des jeunes pensionnaires :
Ses goûts étaient trop réfractaires
Au souci de tous les instants
Qu'il fallait prendre des enfants.
Incapable de surveillance,
Et trop pleine de bienveillance
Pour ces essaims tumultueux,
Elle leur fit ses grands adieux...
. . . .
Puis, véritables tragédies,
Vinrent d'étranges maladies,
Et de subites guérisons,
Que suivaient d'autres pamoisons,
Des syncopes, des défaillances,
De soudaines convalescences :
La médecine à tout cela
Ne pouvait mettre le holà ;
La Supérieure muette
Gardait en son âme discrète
Les secrets de la jeune Sœur :
Ils étaient ceux du Sacré-Cœur !

Et pour comble, il faut que se taise
La bonne Mère de Saumaise ;

Son silence est commenté
Beaucoup plus que respecté.
Quelques sœurs dévident entre elles
De fort malines Kyrielles...
On accuse la pauvre Sœur
De gouverner le Confesseur.
D'avoir un ascendant suprême
Sur la Bonne Mère elle-même
Et puis si peu l'on se retint
Qu'un beau jour même l'on en vint
A cette inévitable idée ;
Que Marguerite possédée
Vivait en pleine illusion
Et de Satan subissait l'action !!
Et quand certaines sœurs rencontraient Marguerite
Elles l'aspergeaient d'eau bénite,
Croyant user de charité
Et de grande sagacité...

Mais Jésus pouvait-il approuver ce murmure
Contre la douce créature
Qui souffrait à cause de Lui
Tant de douleur et tant d'ennui ?
Voulant dans un profond mystère
Préparer le cher Monastère
Qui va devenir son foyer,
Il veut d'abord purifier
La Communauté qui l'habite :
Un soir l'on voit Sœur Marguerite
Au Réfectoire se traîner,
Et d'émotion frissonner..
Pendant qu'on se mettait à table,
Elle, à genoux, comme coupable

Voudrait parler, mais vainement,
Elle est prise de tremblement !
Soupirant et versant des larmes,
Elle pousse ce cri d'alarmes :

« Mon Dieu ! mon Dieu ! secourez-moi ! »
Ce fut alors un grand émoi...

. . . .

La bonne Mère de Saumaise,
Ayant quelque léger malaise
Etait chez elle en ce moment :
Dans son petit appartement
On conduisit Sœur Marguerite,
Qui pâle, fiévreuse, interdite,
Ne répondait que par des pleurs
Aux demandes des bonnes Sœurs.
« La Mère », par obéissance,
Lui dit de rompre le silence
Et de lui dire le pourquoi
De tant de mystère et d'émoi.
« Ma Mère — dit la sainte fille —
« De notre petite famille
« Notre-Seigneur n'est pas content,
« Il ne le deviendra qu'autant
» Que je me ferai sa victime
« Afin de lui payer la dîme
« Qu'il réclame de sa tribu...

. . . .

« Pour que ce calice soit bu,
« Il fallait que je me résigne
« Aux souffrances que Dieu m'assigne,
« Mère, j'ai longtemps hésité,
« A Dieu même j'ai résisté,

« Tremblant devant le Sacrifice

« Que réclamait tant de Justice !

« Il me fallait si fort souffrir

« Pour empêcher Dieu de punir

« Cette communauté chérie

« Que, bien que la Croix me sourie,

« Cette fois j'ai paré ses coups...

« Mais Notre-Seigneur en courroux,

« M'a cruellement poursuivie,

« Et — dussé-je en perdre la vie —

« Je ferai tout ce qu'Il voudra :

« Mon cœur plus ne résistera.

« C'est pour faire le sacrifice

« Qu'au *double* il voulait que je fisse,

« Que, ce soir, conduite par *Lui*,

« Je désirais faire aujourd'hui

« Pour les péchés du Monastère,

« La pénitence très austère.

« Mais, sous le regard irrité

« De la divine Majesté

« Qui se montrait si mécontente,

« Moi, j'ai défailli palpitante...

« Sur mes lèvres ont expiré

« Les aveux de mon cœur navré,

« Et, dans la peine qui me tue,

« Défaillante je me suis tue.. »

La Mère entendit tout cela,

Et sous l'œil de Jésus régla

Qu'il fallait faire pénitence !

Alors, sans plus de réticence,

Son Assistante elle manda
Et de suite lui commanda
« D'ordonner une discipline
« Pour apaiser l'ire divine...
« Dieu se montrait fort irrité
« Envers cette Communauté
« Et, pour calmer tant de colère,
« Il fallait qu'en ce Monastère
« Le soir même il coulât du sang... »
. . . .

Tout le monde comprit et fut obéissant,
Tellement que le soir sans d'autre préambule
     Chaque sœur, seule en sa cellule,
     Accomplit sans objection,
     L'acte de réparation...

     Cependant, dit-on, quelques-unes
     Prises de légères rancunes
     Contre la chère et douce Sœur,
     Sous un prétexte sans valeur,
     S'en vinrent à l'Infirmerie ;
     La Sœur Marguerite-Marie
     S'y trouvait, et, morte à demi,
     S'épanchait dans le cœur ami
     De sa Très Révérende Mère...   •
     Or, les Sœurs, d'une voix amère,
     Lui posèrent des questions,
     Véritables vexations !...

     Marguerite dans le silence
     Acceptait chaque coup de lance.

Tout doucement elle pleurait,
Mais muette elle demeurait !
Lorsque du coucher sonna l'heure
Il fallut se mettre en demeure
D'aider la Sainte qui faiblit
A regagner cellule et lit...

On l'y porte, ou mieux on l'y traîne
Et chaque Sœur point ne se gêne
Pour lui faire assez durement
Sentir son mécontentement...
On l'accable de raillerie,
On lui prodigue l'ironie !
L'une parle de médecin
Pour guérir ce mal si malin ;
L'autre dit que de l'eau bénite
Doit suffire à sœur Marguerite...
. . . .
Mais dès le lendemain matin
Prises d'un grand remords, soudain,
Les cinq bonnes religieuses [1]
Se croyant des séditieuses,
Furent vite se confesser :
Des larmes on leur vit verser ! !

. . . .

[1] Elles étaient cinq. « C'étaient des sœurs non pas relachées et tièdes, comme on l'a dit, mais très pieuses et même ferventes.; seulement un peu attachées à la lettre, ne voulant d'innovation d'aucune sorte ; prenant servilement la parole de saint François de Sales et trouvant, qu'en définitive, au lieu d'agiter ainsi le Monastère, la Bienheureuse ferait bien mieux de suivre simplement ce qui est prescrit.   Mgr Bougaud.

Alors Jésus dit à la sainte :
« Ma Justice dans cette enceinte
« Est satisfaite. Désormais
« Ici j'établirai ma paix :
« Ma colère tu l'as vaincue :
« Ma fille, la paix est conclue!! »

Ainsi donc fut purifié,
Par l'ordre du Crucifié,
Ce Monastère vénérable
Que choisit le Cœur adorable
Pour en faire un centre charmant
Des faveurs de son Cœur aimant !

Après ce drame tout intime
Notre Très doux Sauveur intime
Un sacrifice bien réel
A Marguerite. O coup cruel !
La bonne Mère de Saumaise
Doit aller habiter la cité dijonnaise !

Pour Dijon c'était le bonheur,
Mais pour Paray, quelle douleur !

De perdre cette bonne Mère !
Pour consoler la peine amère
Des sœurs, Dieu leur offrit encor
Une autre sainte pour trésor...
Elles reçurent avec joie,
Venant du berceau de Savoie,
La bonne Mère Greyfié,
Cœur ardent et mortifié,
Type de prudence si grande,
Qu'en arrivant elle gourmande
La disciple du Sacré-Cœur...
Et lui ravit toute faveur...
C'était une règle vivante
Que cette Mère si fervente.
Mais sa grande rigidité,
Son extrême sévérité,
La rendait assez dissemblable
D'avec sa devancière aimable !
Esprit large et condescendant,
Cœur ouvert et doux confident,
La bonne Mère de Saumaise
Mettant Marguerite à son aise
Avait dit à ses vœux : *Amen* !
Après un prudent examen !

Or, bien moins facile à convaincre,
Plus longue et difficile à vaincre,
La bonne Mère Greyfié
N'humilia pas à moitié
La douce et sublime voyante :
Par décision foudroyante,

Elle la mit au pas commun !
Ses privilèges un par un,
Furent tous supprimés d'emblée :
Toute faveur fut annulée...

O Dieu ! pour gagner votre Ciel,
Qu'il faut boire souvent du fiel ! !

CHAPITRE X

———

La Mère Greyfié dans ses rudes censures
Contre la Bienheureuse a trouvé du soutien :
Mécontente, elle aussi, la Mère des Escures
Blâme de Marguerite et conduite et maintien.
Sainte religieuse, on la voit à la tête
Des trop prudentes sœurs qui disent *tout perdu*
Parce que Marguerite à trop prier s'entête,
Et se lève la nuit dans un moment indu.

On va les contenter : Tant pis pour Marguerite !
A ses illusions plus ne faut consentir !
Quelques-unes disaient qu'elle était hypocrite...
Cette visionnaire, il faut l'assujettir !

Dieu saura bien prouver si Marguerite est sainte,
Et prendre sa défense ou ne la prendre pas.
Mais il est important, dans la paisible enceinte,
Qu'elle suive les sœurs et marche bien au pas !

Ecoutons le récit, tout empreint de franchise,
D'admirable candeur, de sainte humilité,
Où Mère Greyfié, publiant sa méprise
Fait des aveux charmants à la postérité !

⁎
⁎ ⁎

Dès bien avant qu'en ce couvent je fusse
— Ecrit plus tard la mère Greyfié —
« Bien avant donc que son cœur je connusse,
« (Ce cœur au mien l'a depuis confié)
« Elle avait en usage la pratique
« De toujours faire une heure d'oraison,
« Le jeudi soir à l'heure séraphique
« Qui de minuit précède le doux son...
« Elle y rentrait sitôt après Matines,
« Et s'y tenait le front sur le pavé,
« Les bras en croix... le cœur dans les épines,
« Offrant à Dieu son être captivé...
« Je l'obligeai de changer de posture
« Pour les temps où ses maux seraient plus grands,

« Lui prescrivant celle encore assez dure

« D'être à genoux quatre quarts d'heure francs.

« Et de tenir croisés sur sa poitrine

« Ses bras si purs ou de joindre les mains,

« Selon l'attrait de la grâce divine,

« Ce doux attrait qui dirige les saints.

« J'allai même plus loin — dit la Supérieure —

« Car, un beau jour, j'en vins à ravir tout à fait

« Cette heure d'oraison à l'humble inférieure :

« *Plus d'heure sainte !* Hélas ! ce qui fut dit fut fait !

« Marguerite obéit à l'amère défense

« Comme en réagissant contre le doux Esprit,

« Qui paraissait tout prêt à venger telle offense

« Faite à la Volonté du Seigneur Jésus-Christ.

« Mais je dois ajouter que, pendant l'intervalle

« De ce retrait hardi que j'osai décréter,

« Elle venait souvent, craintive et toute pâle

« Prédire que bientôt j'aurais à regretter

« Telle mesure prise — il est vrai par prudence —

« Mais pourtant trop sensible au doux Cœur de Jésus,

« Et qu'elle craignait fort qu'Il en tirât vengeance

« Et ne se satisfît autrement là-dessus ! !

« — Il me semble que Dieu — disait-elle — ô ma Mère,

« De ce retranchement vous saura mauvais gré,

« Et je crains qu'Il nous montre en fâcheuse manière

« Que de Lui-même Il prend quand on n'a pas livré !

. . . .

« Mais la défense, enfin, qui me semblait dans l'ordre,

« Je la maintins encore en dépit de ses vœux

« Et la prédiction ne m'en fit point démordre,

« Tant que rien n'en prouva les effets malheureux. »

Inspiration désastreuse,
Résistance bien dangereuse ;
Déjà l'époque n'est pas loin
Où, par de justes représailles,
Va se venger le Cœur divin,
Sur une des chères ouailles
Du doux bercail... ô triste sort !
C'est une jeune sœur — quel drame !
Que la mort promptement réclame
Et qui paie ainsi par sa mort ! !
La résistance audacieuse
De la maison insoucieuse.
C'était un excellent sujet,
Espoir fondé du Monastère
Et prêtant à plus d'un projet
De la si Vénérable Mère...
Quel avis à réflexion...
Et quelle consternation ! !
Dieu sévissait en puissant maître
Il fallait bien le reconnaître ! !
« Ces vengeances du Sacré-Cœur
« Vite — nous dit la bonne Mère —
« A Marguerite, notre sœur
« Rachetèrent l'heure si chère :
« Je lui rendis son oraison,
« Cette *heure* que nulle raison
« Ne me donnait droit d'interdire :
« *Tel avis devait me suffire ! !* »

> C'est ainsi que le Dieu vengeur
> A ses pieds ramena la Sœur !!

Le récit précité remonte au mois d'octobre
De l'heureux an mil six cent soixante-dix huit,
La Mère, de détails ne se montre point sobre
Et l'*Heure de Jésus* plus splendide en reluit !
Nous voyons qu'il fallut à notre Bienheureuse
Cinq ans d'amers rebuts, d'épreuves de tout nom,
Avant de conquérir la liberté joyeuse
De vaquer à son gré la nuit à l'oraison...
Mais, enfin, de ce jour, elle eut liberté pleine
De pouvoir accomplir ce qu'avait dit Jésus,
Son âme jouissait d'allégresse sereine :
Obéir à son Dieu : que désirer de plus ?...
A céder sur ce point, saintement obligée,
La Mère Greyfié voulut tenter du moins
D'éprouver du Seigneur la douce protégée,
De bien d'autres façons et sur d'autres terrains.

> Un jour la chère Bienheureuse
> Dans son lit, brûlante et fiévreuse,
> Gémissait pitoyablement :
> Elle souffrait horriblement !
> Or, voilà qu'à l'infirmerie
> Entre la mère qui s'écrie :
> « Sœur Marguerite, c'est assez
> « De la fièvre subir l'accès :
> « Que votre obéissance éclate,
> « Or sus, levez-vous et qu'en hâte,
> « Commence dans un saint élan
> « La retraite du bout de l'an.

« Quittez ce lit ; au divin Maître,
« Ma fille, je vous veux remettre ;
« Qu'Il vous dirige à sa façon,
« Vous instruise par sa leçon,
« A sa volonté vous guérisse,
« Allez, et qu'il vous soit propice ! »

Marguerite un peu s'étonna
De cet ordre qu'on lui donna ;
Mais, malgré la fièvre battante,
O Jésus, qu'elle était contente
La disciple du Sacré-Cœur,
D'être mise ès-mains du Seigneur !
De suite quittant sa couchette,
Elle s'en fut, en grande fête,
Dans sa cellule et commença
Sa retraite : Dieu l'exauça :
Comme elle était toute transie
De froid, et par terre accroupie,
Le Christ, apparaissant soudain,
Vint la relever de sa main,
Et tant lui fit douces caresses
Qu'Il chassa toutes ses faiblesses.
« On te confie à Moi — dit-il —
« Pour te guérir : Ainsi soit-il !
« A celle qui t'a voulu mettre
« Entre les mains de ton bon Maître
« Je saurai te rendre en santé !
« *Obéis, c'est ma Volonté !* »

De fait, après huit jours passés dans les délices,
A la garde de Dieu sous ses divins auspices,

Marguerite parut si forte que les Sœurs
Crièrent au miracle en de saintes clameurs.
Mais point n'était fini ce combat tout étrange,
Car : *on doutait toujours*, et Mère Greyfié,
De sa fille éprouvant la patience d'ange,
Forgeait de main de fer ce cœur mortifié :
Longtemps, longtemps encor, cette Mère prudente
Crucifia la Sainte en ses moindres désirs ;
Mais, pour porter la Croix, Marguerite l'*ardente*
Immole tout son être avec mille plaisirs...
Il fallait à la Mère un éclatant miracle,
Pour sortir de son doute et croire de plein cœur ;
Il fallait qu'elle vît, *qu'elle vît sans obstacle*,
Agir l'esprit de Dieu sur l'âme de la Sœur !

*   *
*

Le doux Maître daigna pleinement condescendre
A ce hardi désir pour mieux faire comprendre
          Son vouloir saisissant.
Un fait miraculeux fut la preuve authentique,
Que ce qui se passait en cette âme angélique
          Venait du Tout-Puissant !
Le fait encore eut lieu dans cette infirmerie
Où la charmante sœur Marguerite-Marie
          Se retrouvait alors.
Elle se relevait de maladie extrême ;
Mais le mal trahissait sur sa figure blême
          Les souffrances du corps.

La Mère Greyfié vient lui faire visite
Et la malade alors doucement sollicite
          D'aller le lendemain
Assister dans le chœur à la Très Sainte Messe ;
La Mère hésita bien à faire la promesse,
          Puis dit un oui certain !
Mais comme la malade était si faible encore,
La Mère commanda que, dès après l'aurore,
          Elle s'alimentât,
Et puis, qu'après avoir pris de la nourriture,
S'être réconfortée, au chœur sans aventure
          Elle se transportât !...
C'était bien convenu, mais le soir Marguerite
Se trouve tout-à-coup si bien qu'elle en profite
          Pour désirer bien plus !
« Oh ! — dit-elle à la sœur Catherine-Augustine —
« Je voudrais tant demain que la bonté divine
          « Me donne mon Jésus !
« Bonne sœur, voulez-vous aller chez notre Mère ?...
          « — Que lui demanderai-je ? — Une faveur bien chère :
          « C'est la permission
« De demeurer à jeûn pour que je communie.
« Plaidez... rapportez-moi cette grâce bénie
          « De la Communion ! »
Catherine Marest promit d'être avocate.
Mais elle l'oublia... Le lendemain en hâte,
          Au moment de partir
Pour la Messe, elle court chez la Supérieure
Dire que Marguerite à jeun reste et demeure :
          C'était tard avertir ! !
Notre-Seigneur permit qu'à ce moment la Mère
Allât voir l'humble sœur : coïncidence amère,

Qu'elle-même décrit :

« Je prenais le chemin de notre infirmerie
« Mais juste à l'opposé de l'autre galerie,
    « Que l'Infirmière prit :
« Devant l'infirmerie étant donc arrivée
« J'ouvre la porte et vois la malade levée :
    « J'apprends qu'elle est à jeun,
« Contredisant ainsi mes ordres. J'en prends acte.
« Je la gronde et lui dis : « Volontaire, inexacte,
    « Ah ! qu'il est opportun
« De vous réprimer ! Oui, recevez ma promesse,
« On vous fera plier..., vous irez à la Messe,
    « Vous y communierez ;
« Mais écoutez-moi bien : pour punir tant d'outrages
« Faits à l'obéissance, eh bien, dans ces parages
    « Plus vous ne reviendrez !
« Abandonnez ce lieu, quittez l'infirmerie
« *Car je n'y veux plus voir Marguerite-Marie*
    « *Y venir de cinq mois !*
« Portez votre couvert là-bas, au Réfectoire,
« Vos draps à la cellule... et du saint Directoire
    » Suivez toutes les lois...
« Quand l'heure sonnera d'aller chanter l'Office,
« Allez, avec les sœurs, au divin Exercice,
    « Chantez de votre mieux...
« C'est à mon tour, enfin, de commander, ma fille,
« Et, pour ne vous passer aucune peccadille,
    « Sur vous j'aurai les yeux !! »

⁂

Humblement, à genoux, notre pauvre malade,
Sans dire un mot d'excuse écouta l'algarade,
　　　D'un air tranquille et doux !
Elle eut pu cependant dire que l'infirmière
Avait fait un oubli... mais non, cette lumière
　　　Eût calmé tout courroux !
Mieux valait savourer dans un parfait silence
Ces reproches nouveaux sans un mot de défense...
　　　Puis quand elle eut ouï
La Mère condamnant ses prétendus désordres,
Lui demandant pardon, elle accomplit ses ordres,
　　　Disant simplement : « Oui. »

Or, dans l'infirmerie était la sœur d'Athose,
Pleurant d'émotion en voyant telle chose ! !
　　　Catherine Marest
Entra quand finissait la scène si touchante,
Après avoir couru la maison, haletante,
　　　Se fondant de regret
Toutes deux au procès de notre Bienheureuse,
Racontèrent plus tard l'émotion pieuse,
　　　Qui saisit leur esprit
En voyant Marguerite accepter tant de blâme
Sans qu'elle fût coupable et sans que sa belle âme
　　　Eprouvât du dépit !

*
* *

Tandis que l'humble Sœur se rend à la chapelle,
La mère Greyfié dans son cœur se rappelle,
    L'originalité
De son commandement... Cinq mois ! cinq mois de suite
Pendant lesquels il faut que pauvre Marguerite
    Se conserve en santé,
Sans remettre les pieds dans son infirmerie ! ..
C'est bien audacieux !... et la Mère attendrie
    Se trouble... mais voilà
Que tout subitement son âme est inspirée
De demander à Dieu comme preuve assurée
    De miracle, *cela* :
Si la santé revient cinq mois à Marguerite,
Dès lors elle croira qu'elle est la favorite
    Que comble le Très-Haut.

Et la Mère, aussitôt, montant à sa cellule,
Ecrit pour notre sainte un billet et stipule,
    Un nouvel ordre : « Il faut
« Qu'elle obtienne cinq mois d'une santé parfaite
« Cette épreuve sera décisive et complète. »

    Marguerite reçut
L'audacieux billet.... et voilà, qu'à la Messe,
Le Seigneur bénissant ce trait de hardiesse
    Tellement s'y complut,
Qu'éclata dans le chœur la guérison soudaine
De son humble servante ! ! ô la joyeuse aubaine !
    Cinq mois, cinq bien comptés,
Marguerite jouit d'une santé robuste ;
Mais lorsque les cinq mois furent finis, *bien juste,*
    Tous ces maux écartés

Fondirent à nouveau sur elle ; Dieu l'accable,
La mettant à la mort... C'était incontestable
       Dieu parlait par les faits !

* *
*

La mère Greyfié comprit la voix divine
Et son émotion fut grande — on le devine —
       Devant de tels bienfaits ! !

Les vertus de la sainte et ce double miracle
Avaient vaincu son doute, et devant ce spectacle
       Elle sentait son cœur
S'incliner de lui-même à vénérer la Sainte
Que Jésus soutenait dans ce vallon d'absynthe
       D'un bras toujours vainqueur ! !

* *
*

Nota. — « On serait tenté d'accuser de cruauté la mère Greyfié —
dit Mgr Bougaud en rapportant les étranges épreuves qu'elle fit
subir à la Bienheureuse. — Il s'en faut bien qu'elle méritât un tel
reproche. Peu portée par nature aux choses extraordinaires, « sachant, comme dit sainte Chantal, que les filles s'en imaginent quelquefois beaucoup », craignant d'être trompée et d'entraîner le Monastère et l'Institut dans l'erreur, elle ne savait quelles précautions
prendre pour s'assurer de la vérité des grandes révélations du
Sacré-Cœur, et, à supposer qu'elle eût excédé dans la mesure, ce
que nous ne croyons pas, qui oserait la blâmer ? »

CHAPITRE XI

Des grandes tribulations qui atteignirent en Angleterre le Révérend
Père de la Colombière. — Il tombe d'un palais dans une prison. — Les Jésuites ont toujours leur place dans l'arène des
Martyrs. — Du retour en France du Père de la Colombière.
— Le Sacré-Cœur veut qu'il meure à Paray. — Prophétie de
la Bienheureuse Marguerite-Marie. — Comment elle vit dans
la gloire son saint Directeur. — Comment la Mère de Dieu
confia à la Compagnie de Jésus la garde du Sacré-Cœur et
le soin d'en prêcher la dévotion. — Poésie du Révérend
Père Delaporte. — On peut murer nos portes, on ne mettra
jamais de scellés sur le Cœur de Jésus.

———

Tandis que s'immolant dans le secret du cloître,
Marguerite sentait sa charité s'accroître,
Et montait par degrés vers la perfection,
Son fervent Directeur dans l'île d'Albion
Subissait pour Jésus un effrayant martyre :
Et l'on crut, un moment, qu'on le voulait occire.
Aumônier de Duchesse au milieu des Anglais,
Après quatre ans passé dans le fond d'un palais
Dont il ne franchissait seuil et porte dorée
Que pour aller prêcher la Croyance adorée,
Confondre l'hérésie et, bravant le péril,
Enseigner, convertir, sur ce sol de l'exil,

Il se vit accusé d'un complot régicide,
Fut arrêté la nuit et d'un palais splendide
Tomba dans les horreurs d'une affreuse prison.
Du complot supposé l'on a su la raison :
C'était de soulever l'opinion publique
Contre prêtres et chefs du parti catholique.
Les premiers désignés aux sanglantes fureurs,
Les premiers à broyer dans ces scènes d'horreurs,
Furent — on le pressent — les fils de saint Ignace :
Dans les rangs des martyrs ils ont toujours leur place :
Ad Majorem Dei Gloriam ! ces héros
Travaillent sans merci, combattent sans repos,
Et c'est un jour de gloire, en cette *Compagnie*
De Jésus, quand l'un d'eux, allégresse infinie,
A scellé de son sang notre adorable Foi,
En devenant martyr pour son Chef et son Roi !

Or, de la Colombière eut cet honneur insigne
De subir pour Jésus un traitement indigne :
Un long mois il resta dans un sombre cachot,
Offrant à Dieu sa vie et bénissant son lot,
Puis on l'en fit sortir, par un cruel caprice,
Pour le faire assister à l'horrible supplice
De quatre amis martyrs : des Jésuites anglais ..
. . . . •. . . . .
Mais lui, comme il était un citoyen français
On ne l'osa toucher et, banni d'Angleterre,
Il revint aborder sur notre belle terre,
Faible comme une fleur qu'on a voulu briser !

Il paraissait bientôt devoir agoniser,
Et, comme teint du sang des autres fils d'Ignace

Dont le doux souvenir sans cesse le pourchasse,
Il se disait : pourquoi le même arrêt de mort
Ne m'a-t-il pas donné l'éternel passe-port ?...

Point ne vous désolez, Père, si le martyre
Ne vous a pas atteint... le Sacré-Cœur désire
Que Paray soit le lieu de votre doux repos...
Venez vous endormir dans le céleste enclos
Où Jésus brisera le fil de votre vie...
C'est là qu'il faut mourir, car la France ravie
Veut garder votre corps et l'entourer d'honneur :
Vous êtes son premier Prêtre du Sacré-Cœur !!...

*
* *

Ce fut un grand émoi dans la petite ville
Alors qu'y reparut si faible et si débile
Le saint religieux si robuste jadis..,
Mais dont le doux visage à la pâleur de lis
Trahissait maintenant la récente souffrance !

C'était bien pour mourir qu'il revenait en France !
Il y venait surtout pour mettre un dernier sceau
« Aux Révélations » et tirer le rideau
Sous lequel humblement Marguerite-Marie,
Cachait les fleurs d'amour de son âme attendrie.

Le bon Père d'abord s'y trouvant convié,
Rassura pleinement la mère Greyfié,
Chassa de son esprit jusqu'au dernier nuage.
Et puis, examinant les progrès de l'ouvrage,
Fait par le Saint Amour et le Renoncement,
Dans l'âme de la Sainte, avec ravissement,
A mère de Saumaise il dit en assurance :
« *Tout s'est bien augmenté pendant mon temps d'ab-*
[*sence* [1]. »

* *

Oui certes, c'était vrai : dans l'austère creuset
Des tribulations, en faisant « *son jouet* »,
Le Christ avait voulu purifier la Sainte
Et laisser sur son front l'ineffaçable empreinte
De ce baiser sanglant que laisse la douleur
Et qui reste à jamais un éternel honneur !
Des miracles avaient dessiné l'auréole,
Dont Dieu veut couronner ceux que sa Croix immole,
Et déjà Marguerite, en ce petit couvent,
Prodige est appelée... et *sainte* bien souvent ! !

Mais l'*humble* ne sait pas ce que l'on pense d'elle,
Et se nomme toujours : la pauvre criminelle !
Confuse, anéantie aux pieds de son Jésus,
Elle adore son Cœur et ne sait rien de plus ! !

[1] Lettre du 23 mars à la Mère de Saumaise.

Or, pendant qu'elle vit devant Dieu face-à-face,
Saintement inspiré, le fils de saint Ignace,
Avec prudence extrême, et, comme à demi-mot,
Répand tout doucement, par gouttes, le doux flot
Des désirs de Jésus... L'*Heure-Sainte*, si sainte,
Pour consoler l'Amour et recueill r sa plainte,
Puis, avec ce lever de la nuit du Jeudi,
C'est : la *Communion du Premier Vendredi...*
Ensuite il s hasarde à parler de *la Fête*
Du Cœur sacré du Christ... Il le dit et répète,
Qu'au vendredi qui suit l'Octave-Fête-Dieu,
Il faut fêter ce Cœur, ce Cœur de l'Homme-Dieu !
Je tiens — ajoutait-il — ces touchantes pratiques
D'une sainte et belle âme aux ardeurs séraphiques,
Et par elle je sais que Jésus comblera
Des faveurs de son Cœur qui les pratiquera !!

Ainsi donc la voilà discrètement prêchée
Cette dévotion !! et déjà recherchée
Par les grands cœurs formés à l'école de feu
De ce grand Saint qui va rendre son âme à Dieu !
C'est pour que, le premier, il prêche ce mystère
Que Dieu l'a fait sortir des cachots d'Angleterre...
Maintenant il l'a dit : *Vive le Sacré Cœur !*
Dans les âmes qu'il règne !.. à Lui l'amour, l'honneur !
Qu'on écoute ses vœux ! qu'on réponde à sa plainte !
C'était dire cela que prêcher l'*Heure Sainte*,
Le *Premier Vendredi*, la *Fête du doux Cœur !*
L'étincelle d'amour, il la jette... et, vainqueur,
Il sent que maintenant il va quitter la terre :
Ici-bas est fini son divin ministère !!.....

. . . .

Encore quelquefois on le vit célébrer
La Messe, au Saint Autel où se fit adorer
Le Cœur de Jésus-Christ... presque seule son âme
Savait que là s'était passé le triple drame...
Il baisait tendrement cette pierre d'autel
Où s'étaient reposés les pieds de l'Eternel,
Puis il allait, ému, visiter à la grille
La Bienheureuse Sœur et sa sainte famille...
Mais, on le pressentait, le Ciel voulait cueillir
Ce lis. On le voyait chaque jour défaillir.
A ce point que bientôt les médecins ordonnent
Un prompt changement d'air, qu'aussitôt sanctionnent
Les bons Supérieurs ! C'était en Dauphiné
Que le très doux mourant devait être emmené.
Son frère en son château lui préparait bon gîte,
Mais un tout petit mot de notre Marguerite
Arrêta court le Père à la veille du jour
Qui devait à Paray terminer son séjour.

Que disait ce billet, mystérieuse annonce,
Écrit par l'humble sœur, au galop, en réponse
A la nouvelle apprise en secret, au parloir :
« *Que le Père partait, lui disant : à revoir ?* »

Ce mot, ce petit mot, non banale argutie,
Etait, le croirait-on, toute une prophétie !
En voici la teneur pleine de majesté,
Foudroyante vraiment dans sa simplicité :

« *Il veut de votre vie ici le sacrifice !* »

Ce fut pour le mourant un infaillible indice

De ce que désirait de lui le Sacré Cœur...
Aussi, *tout court*, dit-on, ce dévot Serviteur
~~~~~~~~~~~~~~~ Jésus décréta que, pour cause,
Il ne quitterait point Paray... Céleste clause :
Jésus l'avait juré : dans le même pays
Devaient mourir en saints *ses* deux tendres amis !!

Très peu de temps après l'avis de Marguerite,
Mourut son Directeur... La sainte voulut vite
Retirer son billet... mais le Supérieur
Des Jésuites du lieu, riant de sa frayeur,
Hautement déclara par paroles très vives :
Qu'il donnerait plutôt le coffre des Archives
Que de déposséder la maison d'un billet
Qui restait son trésor... En vain fit-on le guet,
Pour ressaisir l'écrit : car pour sa sauvegarde,
Chez les religieux Dieu permet qu'on le garde !

*   *
*

Quand une demoiselle [1] annonça cette mort
A la sœur Marguerite, elle pleura le mort...
Puis elle s'écria : « Priez, Mademoiselle,
Et puis faites prier partout pour lui ! » Formelle

---

[1] M¹¹ᵉ de Bisefrand.

En sa triste demande, elle le fut aussi
Quelques heures après en écrivant ceci :
« Ne vous affligez plus... Mais invoquez le Père
« Et puis que votre cœur point ne se désespère :
« Pour nous aider il est plus puissant que jamais ! [1] »

La Mère Greyfié qui savait ses attraits
De faire jour et nuit de grandes pénitences
Chaque fois que mouraient gens de ses connaissances,
S'étonna grandement quand point n'en demanda
Pour cet illustre mort... Donc elle hasarda
Timides questions auxquelles Marguerite
Répondit fermement que « ce Prêtre d'élite
« *N'en avait pas besoin,* car il est bien placé
« — Dit-elle — dans le Ciel où Jésus l'a fixé
« Par la grande bonté, miséricorde et grâce
« De son aimable Cœur. Seulement cette place
« N'avait été donnée au bienheureux élu
« Qu'après un court retard, car il avait fallu
« Satisfaire en tout point à quelque négligence
« D'exercice d'amour divin !... Sainte exigence !
« Pour cela l'envolé ne put voir Dieu si beau
« Qu'au moment où son corps fut mis dans le tombeau... »

Ainsi parlait la sœur à la Mère charmée...
Mais quelque temps après, sa fille bien aimée

---

[1] Lettre à Mlle de Bisefrand écrite au lendemain de la mort du Père de la Colombière.

Eut une vision où le Ciel lui fit voir
La gloire du Bon Père en lui faisant savoir
Ce qu'attendait Jésus de cette « Compagnie »
Par son Cœur et sa Croix cent et cent fois bénie :
Elle devait s'unir aux Visitations
Pour porter de son Cœur au monde les rayons ! !

Un fils de saint Ignace [1], en sublimes paroles
Nous décrit à ravir ces deux mystiques rôles,
Nous enchassons ici ces lignes [2], flèches d'or,
Comme dans un écrin on enchâsse un trésor :

« Ce jour-là, c'était fête au pauvre monastère ;
« Les roses s'effeuillaient sur le parvis austère,
« Les grands lis sur l'autel mêlaient en s'allongeant
« Aux rougeurs des flambeaux leurs calices d'argent ;
« Dans l'ostensoir vermeil où la foi le devine,
« Jésus voilait sa vie et sa gloire divine,
« Et les anges sans bruit chantaient le Pain vivant ;
» Ce jour-là, c'était fête au ciel comme au couvent.

« Mais c'était fête aussi, ce jour-là, fête intime
« Au cœur de l'humble Vierge, apôtre, mais victime ;
« Qui, forte de son zèle, et des secrets reçus,
« Adorait, sans parole, aux pieds de son Jésus.

[1] Victor Delaporte. S. J.
[2] (Extrait du *Messager du Cœur de Jésus*).

« Près de la grille sombre, à deux genoux, brisée,
« Fleur aimante attendant la céleste rosée,
« Préparée aux bienfaits nouveaux, prête aux douleurs,
« Elle levait ses yeux tout rayonnants de pleurs,
« L'âme en haut comme une aile ouverte vers l'espace :
« Et ce jour s'enfuyait comme un instant qui passe.

« Les vitraux sont de pourpre et de feu : c'est le soir...
« Mais un nuage d'or entoure l'ostensoir,
« Et des clartés sans ombre ont effacé les cierges.
« Voici, parmi des fleurs, des légions de vierges,
« Qui s'en vont, deux à deux, et chantent au chemin,
« Leur ange qui les suit tient un cœur à la main.
« Voici que sur un trône un autre Cœur s'élève,
« Dominé par la Croix, déchiré par le glaive ;
« Rouge de sang, brûlé de rayons lumineux,
« Et que l'épine aiguë enlace dans ses nœuds.
« Près de ce Cœur, Marie est debout, en prière :
« A ses côtés François avec La Colombière ;
« L'évêque conquérant armé de la douceur,
« Et le prêtre humble et doux conseil de l'humble Sœur.
« Et la Mère de Dieu dit au prêtre : Regarde !
« Tu vois ce Cœur royal ; il lui faut une garde,
« Une garde vaillante et qui sache souffrir :
« Or, ce rôle d'honneur Jésus veut te l'offrir.
« Tes frères ont écrit son nom sur leur poitrine ;
« Leur sang avec le sien féconde sa doctrine ;
« Et dans un monde ingrat, lâche, méchant, moqueur
« Ils vont portant son nom ; ils porteront son Cœur.

« Il faut qu'il soit connu : vous le ferez connaître ;
« Ce Cœur, vous le ferez aimer, régner en maître :

« L'égoïsme grandit, la charité décroît,
« Prenez ce Cœur, prêchez ce Cœur : c'est votre droit ;
« Ce sera votre tâche insigne dans l'Eglise !
« Aux jours où contre vous l'enfer se coalise,
« (Hélas ! et ces jours-là pour vous viennent souvent !)
« Vous aurez votre asile au Cœur du Dieu vivant !

*
* *

« Excès de gloire, excès d'amour, excès de grâce !...
« Jésus, vos dons sont grands, mais ce don les surpasse.
« Quoi !... nous, haïs, proscrits, exilés, décimés,
« Jusqu'à ce comble, ô Dieu d'amour, vous nous aimez !...
« A nous, jouets du vent et du flot sacrilège,
« Vous nous faites, Seigneur, ce double privilège
« De joindre à notre nom votre Nom tout puissant
« Et de garder le Cœur d'où tomba votre sang !...

« D'autres ont eu leur part en vos faveurs sacrées ;
« D'autres ont au Calvaire hérité vos livrées,
« Vrai dénuement royal qui les consacre rois ;
« A ceux-ci votre Crèche, à ceux-là votre Croix.
« Mais à qui donc, Seigneur, porterions-nous envie ?
« Le cœur c'est tout l'amour et c'est toute la vie,
« Le vôtre c'est le Ciel, tout le Ciel des élus !
« Vous nous l'avez donné : pouviez-vous donner plus ?

« Par ce Cœur nous vivrons. Si votre Compagnie,
« Sous le vent qui disperse et brise, reste unie,
« Et sourit sans faiblesse à l'ouragan vainqueur,
« C'est qu'elle est votre garde et qu'elle a votre Cœur.
« Quoi que l'enfer complote, ou qu'il ose, ou qu'il fasse,
« Que peut-il ? Nous frapper ; nous cracher à la face
« Ou son blasphème impur ou son rire moqueur ;
« Nous tuer... Mais sa main n'atteint pas votre Cœur.

« On nous prend, on nous jette à l'exil : soit ; qu'importe ?...
« Sous trois pouces de cire on mure notre porte ;
« Beaux exploits, que des gens payés chantent en chœur !
« Mettront-ils leurs scellés, ô Dieu, sur votre Cœur ?...
« Va, souffre, aime, combats : va, petite milice !
« Sois fidèle à ton Chef, et bois à son calice :
« Ton sort parfois est dur, mais que ton sort est beau !
« Un cœur palpite en toi jusqu'au fond du tombeau.
« Jésus se penche alors sur toi ; sa voix amie
« Dit à qui te croit morte : « Elle n'est qu'endormie ! »

« Va ! de ton sang, si Dieu le veut, rougis ses pas ;
« Meurs, s'il le faut ; le Cœur de ton Dieu ne meurt pas. »

CHAPITRE XII

Comment la Bienheureuse Marguerite-Marie signa de son sang la
charte de sa complète donation au Sacré-Cœur. — Elle em-
ploie le fer et le feu pour graver sur son cœur le Saint Nom
de Jésus. — Son trop de zèle la fait manquer d'obéissance. —
Courroux divin. — Elle passe cinq jours sous les pieds de
Jésus. — Nomination de la Mère Christine Melin, amie de la
Bienheureuse. — Marguerite-Marie est nommée Assistante,
puis Maîtresse des Novices. — Elle s'épanouit dans le parterre du Noviciat. — La Croix et les épines restent néan-
moins son partage.

———

Marguerite, ici-bas, ne supportait la vie
Qu'en s'immolant toujours, toujours de plus en plus.
Elle avait une soif ardente, inassouvie
De livrer tout son être au Cœur de son Jésus...
Or, rêvant je ne sais quelle charte ou quel acte,
Qui ferait de *tout elle* une chose à son Dieu,
Un jour elle écrivit une sorte de pacte,
Vrai testament d'amour de son âme de feu.
Et puis elle s'en fut confier ce mystère
A Mère Greyfié, demandant hardiment
Que : de ce présent acte elle soit le notaire
Et veuille bien l'écrire et signer saintement.

La Mère voulut bien faire cette copie,
Puis, signant, ajouta que Mère Greyfié
Suppliait chaque jour Marguerite-Marie
De demander pour elle au Dieu crucifié
Avec conversion, pénitence finale...

Mais quand ce fut le tour de l'héroïque sœur
De signer cet écrit de sa main virginale,
Elle o. a demander avec grande douceur,
Que cette charte n'eût pour signature d'elle,
Que le sang de son cœur... il lui fut accordé
De suivre cet élan, et l'heureuse mortelle,
Joyeuse consomma cet acte décidé !
Seule dans sa cellule, et d'amour palpitante,
Découvrant sa poitrine elle prend un canif,
Et grave sur son cœur, d'une main triomphante,
Le beau *Nom de Jésus* en signe affirmatif
De sa donation à l'Epoux adorable...
Le sang ruisselle à flots sous la lame de fer,
Mais, sans pâlir et sans trembler, la Vénérable
Burine sur son cœur sanglant le Nom si cher
Et du sang qui découle, en vermeille écriture,
Elle signe qu'elle est : *La disciple du Cœur*
De l'adoré Jésus... Sanglante signature
Qu'accepta notre Dieu... car c'est le Dieu vainqueur !
. . . .
Quand le regard divin sur cette page humide,
Se fut posé, Jésus, de sa très sainte voix,
Fit entendre ces mots à la vierge timide,
Qui frémissait d'amour en l'adorant en Croix :
« De mon Cœur et de tous ses trésors, toi que j'aime,

« Je te fais héritière et tu ne manqueras
« De secours que, quand, Moi, Seigneur, Etre suprême,
« Manquerai de pouvoir... De ce Cœur tu seras,
« Ma fille, pour toujours, disciple bien aimée... »

Puis l'aimable Sauveur eut un mot ravissant
Pour Mère Greyfié dont l'âme consumée
D'amour lui mérita que le Dieu tout puissant
Lui promit dans le Ciel magnifique couronne :
« Elle aura — dit Jésus — diadème d'honneur,
« Comme Claire, brillant lis de Montefalcone ;
« Pour la récompenser d'avoir aimé mon Cœur,
« A ses actes je veux ajouter le mérite,
« Le mérite infini des miens... » Ainsi Jésus
Paya d'amour divin la douce Marguerite
Et sa Mère !... O mon Dieu ! pouviez-vous faire plus ?...

Le temps, ce destructeur, qui, de son grand coup d'aile,
Efface, décolore, et fane toute fleur,
Au bout de quelques mois, ô tristesse, se mêle
D'effacer le saint Nom de Jésus, que la Sœur
Aurait toujours voulu garder sur sa poitrine :
L'empreinte solennelle allait en s'effaçant...
Elle s'affligeait fort, était toute chagrine,
Et, pour lire à nouveau le nom si ravissant

Inscrit à coups tranchants dans sa chair labourée,
Elle n'hésita point à reprendre un canif...
Qu'importait la blessure à couleur empourprée
Et tout le flot de sang qui, sous le fer actif,
Va rejaillir encore ?... Qu'importait la souffrance ?...

Et, dans son zèle ardent, sans penser qu'à nouveau,
Il faudrait demander, en toute obéissance,
Pleine permission d'employer ce couteau,
Marguerite, essayant de raviver la plaie,
Promena le tranchant sur cette chair de lis
Où son amour voulait, d'une main ferme et gaie,
Retracer le beau Nom qu'elle y lisait jadis !!...
Ce ne fut pas assez !,.. car, dans sa chair sensible,
Le saint Nom adoré du Seigneur Jésus-Christ
Ne se dessinait pas à son gré... Si possible,
Il fallait qu'il fût plus profondément écrit...
Alors, elle employa le feu pour son martyre ;
Et, prenant pour stylet un fer incandescent,
Sur sa blanche poitrine elle voulut écrire
Le Nom du Dieu d'amour par la flamme et le sang,..
Mais de zèle pressée, et d'amour dévorée,
Elle fut téméraire en cette occasion,
Et regretta l'ardeur trop inconsidérée
Qui l'avait fait agir sans approbation !...
Elle sentait sa faute... et s'en fut, effrayée,
Près de la bonne Mère au plus tôt s'accuser.
Confuse, Marguerite, en ses larmes noyée,
Avoua son cruel abus sans s'excuser...

La Mère Greyfié, très froide en apparence,
Lui dit de s'en aller trouver la sœur Marest :
« Montrez-lui votre plaie afin qu'elle la panse ! »

Il fallait donc livrer cet intime secret,
Gravé sur sa poitrine, à la Sœur infirmière,
Catherine Marest, si peu mystique !... O Dieu !
Mais que va-t-elle dire et de quelle manière
Va-t-elle apprécier ces ravages du feu ?...

Pleurant amèrement et rougissant de honte,
Elle s'en va trouver Jésus, Notre-Seigneur,
Son chagrin si cuisant tout bas elle le conte
A l'adorable Ami, le divin Devineur !...

« Mon Jésus, lui dit-elle, ô souverain Remède,
« N'êtes-vous pas assez puissant pour me guérir ?... »

Et la Force du faible alors vint à son aide :
Le lendemain matin elle put découvrir
Qu'elles n'existaient plus les saignantes blessures...
Seulement on voyait fort bien se dessiner
Leur grande cicatrice affirmant les brûlures...

Mais cependant la Mère — on peut le deviner —
Se préoccupait fort et se mettait en peine
De l'état où devait se trouver l'humble sœur :
(Au fond la bonne Mère avait si tendre cœur ! !)
Alors, elle envoya la Mère Madeleine [1]

---

[1] Mère Madeleine des Escures.

Pour visiter la plaie et lui faire un rapport
Sur le mal que s'était fait la sœur Marguerite
Celle-ci refusant, ne crut pas avoir tort :
Jésus l'ayant guérie, à quoi sert qu'on visite
De ce mal de l'Amour les vestiges pieux :
Les traces qui formaient, en grandes entaillures,
Le Nom du Roi Jésus ?... D'un air mystérieux,
Elle remercia la Mère des Escures :
« Je n'ai plus rien — dit-elle — et merci de vos soins ! »

Mais ce n'est pas ainsi que la Supérieure
Entend que l'on réponde à ses ordres certains ;
Elle arrive à grands pas chez son inférieure,
Lui demande raison de son formel refus,
La gronde, la punit, et, par paroles dures,
Commande, sur-le-champ, que, sans retarder plus,
Elle montre son mal à la sœur des Escures.

Mais, plus sévère encor fut le Sauveur divin ;
Il entra — dit la Sainte — en très grande colère...
Et frémit de courroux... Ce n'était pas en vain
Qu'Il avait inspiré la Révérende Mère
D'exiger en tel cas cet acte de vertu.
Blessé d'avoir trouvé légère résistance,
Blessé que son vouloir eût été combattu,
Le Seigneur amena la Sainte à repentance :
Lui-même Il apparut, le visage irrité,
Foudroya du regard cette chère coupable,
Sous ses pieds Il la tint, comme en captivité,
Pendant cinq jours entiers !... — Justice inexorable ! —
Sans qu'il lui fût permis d'élever un regard

Vers son aimable Cœur... O Dieu ! quelle vengeance !
Pour à vous obéir avoir mis du retard,
La sainte sous vos pieds fait longue pénitence ! !
. . . .
Et, de plus, le Seigneur, à son épouse dit :
Que le beau Nom gravé sur sa chair virginale,
Ne serait plus visible... Oh ! le cruel édit !
Donc, à l'extérieur, Jésus le lui signale
Il ne paraîtra plus sur elle le saint Nom...
Oh ! l'amère douleur ! La sainte — on le devine —
Sa faute déplorant, plus jamais ne dit non
A tout ce que voulut la Majesté divine !...

Après six ans de charge au couvent de Paray,
La Mère Greyfié fut alors réclamée
Pour Semur-en-Auxois et partit sans délai
Vers ce nouveau bercail... Une sœur très aimée,
Sœur Christine Melin, hérita du pouvoir
Ou plutôt de la Croix dont Dieu charge les âmes
Qui doivent enseigner aux autres le devoir,
Et les faire brûler pour Lui de saintes flammes !
Mère Christine était un type de douceur,
Et fit couler le miel au sein du Monastère.
Elle aimait tendrement la Bienheuréuse sœur
Et depuis fort longtemps devinait le mystère

De sa dévotion et de ses doux attraits...
Son âme comprenait l'âme de Marguerite
Et, pour mieux affermir son règne tout de paix,
Elle choisit la sœur pour aide favorite,
Elle la fit sortir de son modeste rang,
Et, malgré tous ses pleurs, en fit son assistante !
Marguerite en aurait versé larmes de sang !...
Force fut d'accepter cette charge importante ;
Mais ce ne fut pas tout, car la Mère Melin
La nomme un peu plus tard Maîtresse des novices,
Voulant qu'aux jeunes cœurs un cœur de Séraphin
Apprenne de l'Amour les suaves délices.
Le choix était parfait ! dans le parterre en fleurs
Du doux noviciat la chère Bienheureuse,
S'épanouit dans l'ombre et verse dans les cœurs
Délicieux parfums. En Maîtresse pieuse,
Elle mène à Jésus des cœurs de chérubins,
Une gerbe de lis, un essaim de colombes,
Et, pour les faire vivre en ces parvis divins,
Elle leur dit : Mourez ; les cloîtres sont des tombes !...

Novices de Paray, cœurs privilégiés,
Voilà que vient à vous la Sainte ravissante !...
Pourra-t-il vous coûter d'être crucifiés
Sous son regard d'amour, sous sa main caressante ?...
Mourez ! renoncez-vous : immolez pleinement.
Le cœur qui trouve dur d'agoniser si jeune ;
La volonté qui veut revivre par moment,
Le corps, qui n'a jamais compris veilles et jeûne ;
L'esprit qui, trop superbe en sa captivité,
Veut régner à nouveau pour ressaisir les rênes...
Novices de Jésus, aimez l'humilité :
Le cloître a ses combats, le cloître a ses arènes ;

Mais, pour vous soutenir dans ces combats géants,
Pour gagner la victoire et ceindre des couronnes,
On vous donne aujourd'hui la sainte de Céans...
Elle vous apprendra que les croix sont des trônes,
Que le plus doux abri c'est le Cœur de Jésus,
Que le Ciel est si beau... et si pauvre la terre,
Qu'il faut la mépriser toujours de plus en plus ;
Que le seul vrai bonheur est dans le Monastère !
Novices de Paray, chantez un long vivat :
Du Sacré-Cœur voici que l'humble favorite
Arrive, reine et mère au saint noviciat :
Chantez le nom si doux de Mère Marguerite...

Le doux Maître a voulu dans l'Amour de son Cœur
Qu'autour de Marguerite en couronne vivante,
Se pressent d'autres lis dans toute leur fraîcheur,
Afin que, dans leurs cœurs, cette pieuse Amante,
Versât tout doucement les secrets de l'amour...
Elle ne faillit point à sa tâche sublime,
Et, sentant que Jésus voulait en ce séjour
Etablir de son Cœur le sanctuaire intime,
Elle laissait du sien s'échapper un parfum
Dont vite s'embauma le royaume paisible,
Et, gardant ses secrets, sans en trahir aucun,
Au travers de son âme elle montrait visible
Le Cœur sacré du Christ et commentait ses lois.
Elle en parlait si bien de ce Cœur adorable,

Qu'elle si réservée et timide autrefois
Fut, d'ores et déjà, l'apôtre infatigable,
Des merveilles d'amour du Cœur de Jésus-Christ !
Du reste elle prêchait la suave doctrine
Qu'autrefois répandit par mots et par écrit
Son doux père François... « Ouvrez votre poitrine —
Disait à ses enfants le noble fondateur
Des Visitations — et puis, prenez, mes filles,
« Pour le loger en vous de Jésus le doux Cœur ! »

On le connaissait donc là, derrière ces grilles,
Le chemin de l'Amour qui mène au cœur divin...
Mais nul d'entre ces cœurs, nulle d'entre ces femmes,
Hormis la Bienheureuse au cœur de Séraphin,
N'avait vu du Sauveur le Cœur de chair en flammes...
Elle en pouvait parler délicieusement,
Mais sans qu'on s'étonnât trop de ce zèle tendre,
Puisque, dès son berceau, l'Ordre, angéliquement,
A ravir ce doux Cœur avait osé prétendre...
Cependant, l'on saura bientôt, parmi les sœurs,
Les secrets ravissants de Mère Marguerite :
Jésus dévoilera promesses et douceurs
De son Cœur à celui de l'humble favorite !
Mais, dès avant ce jour, dans son aimé couvent,
Marguerite gagnait l'estime de chacune
On l'appelait : la Sainte ! un Prodige vivant !
On louait son amour, sa vertu non commune,
La Croix de la souffrance était toujours son lot.
Depuis longtemps déjà, victime consacrée,
On croyait que son corps succomberait bientôt...
Or, malade toujours, mais jamais désœuvrée,
Un matin — nous dit-on — qu'elle puisait de l'eau,
Dans le puits de la cour avec ses mains d'albâtre,

Marguerite, ò malheur, laissa tomber le seau,
Lequel plein et pesant, vint tout à coup s'abattre
Sur une manivelle, une tige de fer ;
Et celle-ci, frappant notre sainte à la tête,
Brusquement la renverse et fait sauter en l'air
Plusieurs dents... déchirant ses gencives !... Pauvrette ! !.
Lorsqu'on la releva, meurtrie et toute en sang,
Elle avait l'air joyeux et toute souriante ;
Car se réalisait, ò bonheur ravissant,
Ce qu'avait dit Jésus à son humble servante.
Fort peu de temps avant... Elle avait vu son Dieu,
Couronné, sanglant, tel que l'amour nous le donne,
Lui poser sur la tête une austère couronne
D'épines de douleurs... lui disant que sous peu,
La souffrance viendrait poser son diadème
Sur son front virginal... — Ce fut depuis ce jour
Que la sainte éprouva tant de douleur extrême
Qu'elle ne pouvait pas, victime de l'amour,
Sur un pauvre oreiller se reposer la tête....
Elle eut, jusqu'à sa mort, comme un cercle de feu
Tout autour de son front. C'était, je le répète,
Le diadème d'or posé par le Bon Dieu ! !...

En même temps, alors la douce Bienheureuse,
Que devait consumer l'amour — (non à moitié) —
Sentit que redoublait la soif mystérieuse,
Qui depuis fort longtemps la brûlait sans pitié..

O sublime martyre !... ô joyeuse souffrante !...

Que te faut-il de plus pour combler tes souhaits ?

Une plaie au côté, toujours là déchirante ;

Des épines au front, flèches d'or, divins traits ;

Une soif qui te brûle et dévore ton être ;

Une croix dans le cœur ; des flammes pour du sang

Dans tes veines !... Mon Dieu ! Mon Dieu ! peut-il bien être

Martyre plus suave et plus éblouissant ?. .

CHAPITRE XIII

De la fureur et malice des grands diables. — Marguerite-Marie est
soutenue par un Séraphin et jouit de la présence de son Ange
Gardien. — Comment la visitaient les âmes du Purgatoire. —
Apparition de la Très Sainte-Vierge et de l'Enfant Jésus. —
Miracles. — Comment il se découvrit qu'elle était la Voyante
du Sacré-Cœur. — On veut déjà avoir de ses reliques. — La
fête du 20 juillet 1685. — Le premier Autel et la première
Image du Cœur divin. — Comment se commença et se ter-
mina la fête du Noviciat.

———

On le devine, les grands diables,
Près de la Sainte du Bon Dieu,
Faisaient tapages effroyables
Et tiraient leur langue de feu !

L'un lui disait : « Cervelle étroite,
Toujours balourde tu seras ! »
D'autres lui criaient : « Maladroite,
Ce que tu portes casseras !... »

Et, faisant choir les pots et jattes,
Qu'en ses mains la Sainte portait,
Ils applaudissaient de leurs pattes
Au malheur qui les enchantait...

Imaginant un cruel piège,
Quand Marguerite allait s'asseoir,
Deux démons retiraient le siège
De la Sainte... et la laissaient choir !...

Victime alors de leur furie,
Jetée à terre coup sur coup
Trois fois de suite, et bien meurtrie,
Elle devait souffrir beaucoup...

Un autre jour, quelle malice !
Du haut de l'escalier en bas,
Ile la jetèrent par caprice,
Croyant l'envoyer au trépas...

Mais pour appui l'heureuse Mère
Trouva l'aile d'un Séraphin ;
Satan ne fut, dans cette affaire,
Ni le plus fort ni le plus fin...

Se relevant après sa chute,
Elle ne sentit aucun mal ;
Le diable dut d'une culbute
Retomber dans l'antre infernal !...

La lutte n'était pas finie :
Et l'impitoyable effronté
Reprenait sa vieille manie
D'infernale méchanceté !

Mais la Sainte, douce revanche,
Voyait son ange gardien
L'abriter sous sa robe blanche
Et lui promettre son soutien !

Il était plein de complaisance
Pour la Vierge qui l'aimait tant ;
Il lui faisait de sa présence
Sentir le charme, à tout instant !

Et la grande Vierge Marie
Elle-même plus d'une fois
Quitta la céleste Patrie
Pour lui faire entendre sa voix.

Un soir même pendant l'Office,
Elle descendit dans le chœur,
Tenant l'Agneau du sacrifice,
Jésus, serré contre son cœur...

Avec un céleste sourire
Devant la Sainte s'arrêta,
— O scène qu'on ne peut décrire ! —
Et son bel Enfant lui prêta !

Marguerite jouit à l'aise
De ce très divin Enfançon,
Et le baisa comme l'on baise
Un petit ami, sans façon !

De cela que nul ne s'étonne :
Jésus se plaît parmi les lis ;
Ici-bas l'Enfant-Dieu moissonne
Les baisers des myosotis...

Il donne ses tendres caresses
A qui Le paiera de retour,
Et Lui-même, Dieu des tendresses,
Est « *l'Aimez-Moi* » du grand amour !...

Auprès de Dieu déjà puissante
La Sainte usait de son crédit
A sa prière si pressante
Plus d'un grand miracle se fit.

Or, les âmes du Purgatoire,
Sachant cela, venaient souvent
Conter leur lamentable histoire
A la Sainte du cher Couvent.

Marguerite voyait par bandes
Ces pauvres âmes l'entourer ;
Leurs souffrances étaient si grandes
Qu'on ne peut se les figurer.

Dans leurs longues robes de flammes
Elles apparaissaient soudain ;
Elles disaient, ces pauvres âmes :
O chère Sœur, tends-nous la main !

Et la Sœur si compatissante,
Disait tant de *De Profundis*
Pour cette troupe gémissante,
Qu'enfin s'ouvrait le Paradis.

Elle joignait à la prière
De la souffrance les parfums,
Afin qu'au séjour de Lumière
Entrassent les pauvres défunts !

Mais un jour pour le Purgatoire
L'égara sa grande amitié,
Oyez, bon lecteur, cette histoire
Et donnez-lui votre pitié...

Pour les morts la Visitandine
Eut la licence que voilà :
Prendre pour eux la discipline
Pendant « l'*Ave, maris stella !* »

Mais la Sainte, dans son zèle
A souffrir pour les très chers morts,
Plus qu'il ne fallait se flagelle
Dépassant le temps sans remords...

Alors les âmes en souffrance,
Crièrent : *Tu frappes sur nous,*
Lorsque, contre l'obéissance,
Tu veux multiplier tes coups !

La Sainte a compris le mystère ;
Jamais plus son cœur n'est tenté
De vouloir être plus austère
Que ne le veut l'autorité...

Point n'y perdirent, au contraire,
Les souffrants des prisons de feu,
Et Marguerite pour salaire
Eut un sourire du Bon Dieu !

Sa vertu non moins efficace,
Pour les vivants que pour les morts,
Etait comme un canal de grâce
Qui coulait toujours à pleins bords :

Un jour, une bonne Converse,
Malade, se disait tout bas :
« Cette âme en qui le Ciel se verse
« Me sauvera bien du trépas !

« Si je pouvais toucher sa robe,
« Je guérirais très sûrement ! »
La voilà donc qui se dérobe
A son labeur pour un moment !

Elle approche de Marguerite,
Touche le bas de son habit
Et demande, par son mérite,
Qu'éclate un prodige subit...

O doux miracle ! Anne-Marie
Recouvra vite la santé,
Et de Marguerite, ravie,
Elle bénit la sainteté...

Telle était la Religieuse
Qui menait aux chemins des Cieux
La bande charmante et joyeuse
Des novices de ces doux lieux...

En de pieuses conférences
Elle parlait du Sacré-Cœur :
Oh ! les célestes audiences
Pour les novices en ferveur !...

*
* *

Jésus, le bonheur de nos âmes,
A la Sainte montrait souvent
Tout seul, sur un trône de flammes
Son Cœur... le Cœur de Dieu vivant !

Et comme pour qu'elle concentre
Ses regards sur ce Cœur martyr,
Tout seul, cet adorable centre
De l'Amour, revient l'éblouir !...
Au sein d'une Lumière immense,
Apparait le Cœur transpercé,
Ce Cœur d'amour et de clémence,
Ce Cœur de chair pour nous blessé...
Souvent les cruelles épines
L'enserraient fort étroitement,
Si bien que sous leurs pointes fines
Le sang coulait abondamment...
« Par une flèche sans mesure,
« Etait percé ce Cœur profond »,
« Ce Cœur ouvert — Dieu nous l'assure —
« Comme l'est l'Abîme sans fond. »
Notre-Seigneur — dit Marguerite —
Redisait qu'Il a grand plaisir
A voir les hommes prendre gite
Dans son Cœur qui veut les saisir
Il voulait que, sous cette image,
Toute la terre l'honorât,
Qu'à ce Cœur de chair fût l'hommage,
Qu'on Le connût, qu'on l'adorât !...
Et pour lui montrer comment l'homme
Devait l'adorer ici-bas,
Le Christ entr'ouvrit son royaume
Du Ciel que nous ne voyons pas.

Il lui montra comment les anges
L'honorent dans leur beau séjour,
Et célèbrent par leurs louanges
Le Sacré-Cœur du Dieu d'amour !
« Je travaillais un jour — dit-elle —
« Au chanvre dans un petit coin,
« Un coin proche de la chapelle,
« Où me saisit l'Amour divin... »
Le Cœur ! le beau Cœur adorable
Tout d'un coup lui fut présenté
Dans sa splendeur incomparable,
Et plus beau que toute Beauté !
Des Séraphins autour du trône
Chantaient un cantique joyeux,
Ils formaient comme une couronne,
Enserrant ce Cœur radieux.
Ils conviaient la Bienheureuse,
A joindre aussi ses chants aux leurs...
Mais non, l'humble religieuse
S'effraya de telles faveurs !
Alors la troupe séraphique,
Apaisa son émotion,
Et lui fournit un plan mystique
Pour une *Association !*
« Chère Sœur, nous tiendrons ta place
« Devant le Très Saint-Sacrement ! »
Dirent-ils... Pour comble de grâce,
Dans le Cœur du Dieu tout aimant,
Les beaux Séraphins écrivirent :
L'Association d'amour...
En lettres d'or ils l'inscrivirent ;
Et la Sainte, depuis ce jour,
Amie et compagne des anges,

« *Ses Associés* » les nomma ;
Elle s'unit à leurs louanges,
L'amour comme eux la consuma...

⌜.*.

En vain cachait-elle en son âme
Ce grand feu qui la dévorait ;
Il était temps qu'on vît la flamme
Et la Sainte qu'elle honorait...
Le doux Jésus Lui-même livre
Petit à petit son secret...
Un jour la Sainte dans un livre
Oublie un tout petit billet :
C'était des paroles du Maître
Un fort émouvant résumé...
Et le Seigneur voulut permettre
Que livre et billet non fermé
Tombassent dans les mains pieuses
D'une sœur du noviciat.
Vite à d'autres religieuses,
Dans son beau zèle immédiat,
Sœur de Farges, illuminée,
Va montrer le billet fameux
Qui trahit la prédestinée
Non ! plus de nuages brumeux,
Plus de doute et plus aucun voile :
Marguerite du Sacré-Cœur

Est la voyante... Dieu dévoile
Tout le secret de son bonheur !

. . . .

Un peu plus tard pleine lumière
Se fit sur l'Epouse du Christ :
Du Père de la Colombière
On lisait les touchants écrits
Dans la chaire du Réfectoire,
Lorsque ce livre révéla
De la Voyante un bout d'histoire
Qui tout de bon la signala...
C'était l'exposé fort suave,
De la demande que Dieu fit
De célébrer après l'Octave
De la Fête-Dieu — doux édit —
La Fête du Cœur adorable...

. . . .

Confuse était la Vénérable...

Puis d'autres paroles encor
Qui trahissaient sœur Marguerite,
Tombèrent de ce livre d'or,
Et révélèrent son mérite...

. . . .

Quand fut achevé le repas,
La sœur de Farges, l'espiègle,
Vers la Sainte porte ses pas,
Et la fixant d'un regard d'aigle :
« Ma chère Sœur, vous avez eu
« A la lecture votre compte ! »
Dit-elle d'un air convaincu.
La Sainte en crut mourir de honte,
Impossible de rien nier,

Car c'eût été dire un mensonge...
Mais... la vérité publier ?
Quel long martyre... elle n'y songe...
Sur ses traits le trouble se lit
Et tout émue elle pâlit...
Baissant alors un peu la tête,
Comme fait une pâquerette
Quand passe un vent contrariant,
Elle répond en souriant :
« J'ai bien lieu, ma sœur très chérie,
« D'en aimer mon abjection ! »

Ainsi Marguerite-Marie
Finit la conversation...

Mais c'est en vain qu'elle s'éloigne
Pour fuir la louange et l'honneur :
Tout prouve, tout crie et témoigne,
Qu'elle a vu l'adorable Cœur...
Ce qui se trouve à son usage,
Est convoité discrètement,
Et les Sœurs s'en font le partage
Dans l'ombre, avec empressement...

Lorsque l'on faisait la tonsure,
De ses cheveux à certains jours,
Un vieux Mémoire nous assure,
Qu'on se les partageait toujours...
Croyant conserver des reliques,
Les novices de la maison
Gardaient ces débris angéliques :
Elles avaient certes raison !

Elles se disaient : « Notre Mère
« Est une Sainte assurément :
« Sa vie est un profond mystère
« Une extase, un ravissement...
« Pour lui prouver notre tendresse
« Que faire à la ruche de miel ?... »

Les novices dans l'allégresse
Eussent voulu des chants du Ciel !
Quand vint « la sainte Marguerite »
Dans le nid du noviciat,
Pour cette Maîtresse d'élite,
Se préparaient fête et vivat !
Elle, voyant toutes ses filles
Préparer leurs bouquets et vœux,
Leur dit : que vous seriez gentilles
De répondre à ce que je veux !
Je voudrais, mes chères novices,
Que tout cet hommage charmant
Fût adressé, pour mes délices,
Au Cœur de mon Jésus aimant !

Les novices vite comprirent
De leur Mère les vœux émus,
Et sur l'heure elles s'entendirent
Pour fêter le Cœur de Jésus :
En un réduit fort solitaire,
Sous un escalier de la tour,
Elles s'en vont avec mystère,
Dresser un autel à l'Amour ! !
Une artiste, la Sœur des Claines,
Prend son jeune et brillant pinceau,
Et fait éclore par douzaines,

En l'honneur du divin Agneau,
Des fleurs, des cœurs et des étoiles,
Qui couvrent les murs, les chevrons :
L'Amour ainsi tendait ses voiles
Et déployait ses ailerons !...
Volez, volez, chères petites,
Volez, volez, cœurs enflammés,
Soyez des autres Marguerites,
Des holocaustes consumés...

Et les cœurs des novices blanches,
Tout brûlants d'amour pour Jésus,
S'imprimaient sur les murs et planches,
Mais dans le Cœur de Dieu bien plus !
Ainsi se dessinait dans l'ombre,
Sous le réduit d'un escalier,
Et dans un petit coin tout sombre
Du Sacré-Cœur l'*Autel Premier !*
Et ce furent des mains de femmes
Qui tinrent le premier pinceau,
Pinceau de fleurs, pinceau de flammes,
En l'honneur du Cœur de l'Agneau...
Alors, point d'églises superbes,
Gardant l'Image de ce Cœur,
Mais ici, parmi des brins d'herbes
Et les lis, il trône en vainqueur !
C'est pour exposer cette Image
Qu'on fait ce charmant branle-bas,
Et c'était le premier hommage
Qui se préparait ici-bas !...
Pour finir leurs apprêts de fête,
Les novices pleines d'entrain,
Furent porter une requête

A la bonne Mère Melin :
« Voulez-vous, Révérende Mère,
« Nous laisser veiller cette nuit
« Pour travailler dans le mystère ?
« Car nous ne ferons pas de bruit ! »

Ainsi parlèrent les novices,
Et la Mère leur dit : *Amen !*
O Dieu ! quelle nuit de délices
Pour préparer ce doux Eden !
Durant le silence nocturne,
On prépara pieusement
En secret la fête diurne,
En l'honneur du Cœur de l'Amant...
Le lendemain. parmi les roses,
Les jasmins blancs et les iris,
Entouré de guirlandes roses,
Embaumé du parfum des lis,
A la lueur de quelques cierges,
Fut exposé le Sacré-Cœur,
Crayonné par la main des vierges
Tremblantes du plus doux bonheur !
Cette Image fut dessinée
Avec de l'encre et non de l'or,
Mais de l'Amour elle était née :
Et l'Amour en fit un trésor...

*
* *

Après qu'on eut récité Prime,
Sans dire mot, l'on entraîna
Sœur Marguerite, la Sublime,
Hors du chœur... Elle s'étonna
D'abord, puis elle comprit vite
Le mystère d'amour si doux :
C'était le Cœur de Marguerite
Qu'on menait au Cœur de l'Epoux !
Elle fut surprise et ravie
Devant l'*Autel du Sacré-Cœur !*
Qu'il fut beau ce jour en sa vie :
Son Jésus-Christ était vainqueur !
Elle remercia ses filles,
Fit un discours de Séraphin,
Qui ravit les âmes gentilles
Des Novices du Cœur divin,..
Après, la sainte, prosternée
Devant l'Image du doux Cœur,
Fit une offrande spontanée
D'une merveilleuse ferveur !
A sa suite chaque novice,
Redit sa *Consécration*
Et croyait mourir de délice, .
En faisant sa donation...
L'Après-midi, la Bienheureuse
Réunit encor son troupeau...
Elle était vraiment radieuse
En parlant du Cœur de l'Agneau.
Elle eût voulu devant l'Image,
Du Cœur Sacré du Dieu vivant
Voir s'unir, dans un même hommage,
Toutes les sœurs du cher Couvent.
Ce fut alors que Sœur Verchère,

Comprenant le tendre désir
De cette Maîtresse si chère,
Pour lui causer quelque plaisir,
Voulut tenter un coup d'audace...
Elle fut, sans timidité,
Avec une suave grâce,
Inviter la Communauté
A venir rendre son hommage
Au Sacré-Cœur du Roi d'amour,
Dont la délicieuse Image,
La ravissait en ce beau jour !
Dans le jardin du Monastère,
Les Sœurs de la Communauté,
Selon la règle grave, austère,
Prenaient le frais ce jour d'été.
En entendant la sœur novice,
Les *inviter* naïvement,
Elles blâmèrent ce caprice :
Et, sans aucun ménagement,
La sainte Mère des Escures
Exprimant un formel refus,
Dit ces paroles assez dures
Pour Marguerite de Jésus :

« Allez dire à votre Maîtresse,
« Que les bonnes dévotions
« Sont la pratique bien expresse
« Des vieilles Constitutions !
« C'est ce qu'elle doit vous apprendre,
« Et vous autres bien pratiquer ! »

La sœur novice put comprendre
Qu'il ne fallait rien répliquer...

Elle revint, baissant la tête,
Dans le Noviciat, sans bruit,
Et pour ne pas troubler la fête
D'un air doux et simple elle dit :
Que les bonnes Sœurs Anciennes
Ne *pouvaient* pas alors venir
Chanter de saintes Antiennes !...

. . . .

« Dites plutôt, pour en finir,
— Reprit très vivement la Sainte —
« Que : les Sœurs ne le veulent pas ! »

. . . .

« Mais bientôt, par Jésus contrainte
« A marcher enfin sur nos pas,
« *La Communauté tout entière*
« *Adorera le Sacré-Cœur...*
« Bientôt se fera la lumière :
« Le Cœur sacré sera Vainqueur ! ! »

⁂

La Bienheureuse illuminée
Ainsi parlant, avait dit vrai :
Car, avant la fin de l'année,
Toutes les Sœurs du « Cher Paray »,
Se réunissant en couronne,
Autour du Cœur du Roi Sauveur,
Courbaient leurs fronts devant le trône
De l'Image du Sacré-Cœur !...

CHAPITRE XIV

Promesses divines. — Pratiques d'or. — Chant de céleste amour.

———

PROMESSES DE NOTRE-SEIGNEUR JÉSUS-CHRIST

A LA

BIENHEUREUSE MARGUERITE-MARIE

EN FAVEUR

DES PERSONNES DÉVOTES A SON SACRÉ-CŒUR

Maintenant, à genoux avec cette humble vierge,
Dont le cœur enflammé, tout ainsi qu'un blanc cierge,
    Semble fondre en amour,
Ecoutons, écoutons les divines promesses
Dont l'adorable Cœur veut payer nos tendresses
    En sublime retour.

I

« Aux dévots de mon Cœur, dans toutes leurs affaires,
« Je donnerai — dit-*Il* — les grâces nécessaires,
    « Quel que soit leur état... »

II

« J'établirai la paix au sein de leur famille. »
« La paix ! ce don du Ciel ! J'aurai soin qu'elle y brille
        Dans son céleste éclat.

III

« Allégeant tendrement le fardeau de leurs chaînes,
« Je les consolerai dans leurs chagrins, leurs peines,
        « Moi, leur Dieu, leur Sauveur.

IV

« Je serai leur refuge, en la présente vie,
« Mais surtout à la mort... car les miens je convie
        « Au refuge en mon Cœur.

V

« Je répandrai par flots, merveilleuses surprises,
« De larges dons sur eux... et sur leurs entreprises
        « Ma Bénédiction.

VI

« La source, l'océan de la Miséricorde
« Les pécheurs l'atteindront dans mon Cœur qui l'accorde
        « A la conversion.

VII

« Si l'âme est tiède, eh bien, je la rendrai fervente ;
« Toute Communauté dans mon amour ardente
        « Ne craindra pas mes coups.

VIII

« Et toute âme en ferveur s'élèvera bien vite
« A la perfection. » (Pour les âmes d'élite
      Que cet espoir est doux !)

IX

« Même je bénirai la pieuse demeure
« Où l'on exposera l'Image qu'à toute heure
      « Je veux voir honorer.

X

« Aux ministres sacrés je donnerai puissance
« De toucher les cœurs durs... vaincre leur résistance :
      « Ils viendront m'adorer !

XI

« Quiconque s'emploiera, n'importe en quelle sphère,
« A propager pour moi cette ferveur si chère,
      « Aura son nom écrit
« Dans mon Cœur à jamais... rien n'y prendra sa place,
« Jamais ne permettrai qu'aucune main l'efface
      « Du Cœur de Jésus-Christ.

XII

« A ceux qui voudront bien, acceptant ma conduite,
« Le Premier Vendredi » faire neuf mois de suite
      « Sainte Communion,
« Mon cœur accordera — j'en donne l'assurance —
« L'inexprimable don de la persévérance
      « Dans ma douce union !

« Ceux-là ne mourront point dans ma juste disgrâce
« Nul ne sera privé de la suprême grâce
            « Des derniers Sacrements.

« Qu'on le dise à tout cœur, à toute âme docile :
« Mon Cœur leur servira de refuge et d'asile
            « A leurs derniers moments !...

. . . .

« Oui, je te le promets, mon Cœur dans sa tendresse,
« Veut épancher à flots cet amour qui le presse.
            « Il se dilatera
« Par torrents de bienfaits... et toute âme fidèle
« A promouvoir ce culte avec amour et zèle
            « Mon Cœur l'en comblera !... »

QUELQUES PRATIQUES

ENSEIGNÉES PAR NOTRE-SEIGNEUR JÉSUS-CHRIST

A LA

BIENHEUREUSE MARGUERITE-MARIE

Nous consignons ici quelques autres pratiques
Qu'enseigna le doux Maître aux attraits séraphiques
     De celle qui sut s'en nourrir !
Conseils du Cœur de Dieu, ces excellentes choses
Ont des parfums exquis, plus doux que ceux des roses
     Que son doigt divin fait ouvrir.

« Pour bien communier, la meilleure manière
« Sera — lui dit Jésus — de t'unir à ma Mère
     « A la pureté de son Cœur,
     « Aux saints transports de sa ferveur,
« Lorsque je descendis, par excès de tendresse,
« Dans son sein devenu trône de la Sagesse,
     « M'offrant dans l'Incarnation
     « A sa tendre adoration...

« Prends ses belles vertus pour former ta parure
« Cachant sous leur éclat tes défauts, ta nature,
     « Tout ce qui me déplaît à Moi,
     « Car je veux voir ma Mère en toi...

« Retrouver son amour quand je viens dans ton âme,
« Te voir communier sous l'ardeur de sa flamme ;
          « J'aspire à ce divin plaisir :
          « Satisfais à mon grand désir !

« Des trésors de mon Cœur quand tu te sens ravie,
« Garde-toi d'en jouir seule ; rends à la vie
          « Ton frère égaré, le pécheur
          « Si fort éloigné de mon Cœur ;
« A notre Père, aux Cieux fais une sainte offrande,
« A ton docile amour, c'est le mien qui commande ;
          « Offre ce que je t'ai donné :
          « Les trésors du Verbe incarné ! l

« Offre pour les pécheurs à ton Dieu débonnaire
« Les satisfactions multiples qu'au Calvaire
          « Dieu le Fils offrit par la voix
          « Du sang dont s'inonda la Croix ;
« De son cœur offensé désarme la vengeance,
« Car il est juste et doit, à moins de repentance,
          « Bien que miséricordieux
          « Châtier le crime odieux,

« Offrir mon Sang à Dieu l moyen très efficace,
« De fléchir sa rigueur et de rendre sa grâce
          « A tous ses malheureux enfants
          « Qui, redevenus innocents,
« Pourront un jour le voir, le louer dans la gloire
« Et, pour l'éternité célébrer leur victoire :
          « Si douce cause de bonheur
          « Est le vrai retour du pécheur !

« Offre encore de même à mon céleste Père
« Pour mon *peuple choisi*, ma légion bien chère,
  « Trop lâche, hélas ! à Le servir,
  « Trop attachée à son plaisir,
« Les satisfactions, les ardeurs de mes flammes.
« Pourquoi tant de tiédeur dans le fond de ces âmes
   « Que je voudrais brûlant d'amour
   « Pour me rendre quelque retour ?...

« L'humble soumission de ma Volonté sainte,
« Tu l'offriras aussi — dit Jésus à la Sainte —
   « Afin par Elle d'obtenir
   « Toutes grâces pour l'avenir !
« Pour que, parfaitement, la Volonté du Père
« S'accomplisse dans toi ! Cela mon Cœur l'espère,
   « T'ayant donné gage certain
   « Des plans de mon vouloir divin ! »

Ce gage merveilleux, c'est — nous dit Marguerite —
Le doux Cœur de Jésus suppléant en mérite
   A ce qui manque à cet égard
   En dignité de notre part.
Et le Cœur de Jésus c'est le Cœur de Dieu même,
Celui qui nous a dit : « Oh ! combien je vous aime ;
   « Vous à qui je donne mon Cœur,
   « De tous les présents le meilleur ! »

Le Cœur de Jésus-Christ, gage de sa tendresse,
Avec un tel secours, quelle âme ne progresse ?
   Et de quel œil la verra Dieu
   Lorsqu'en tout temps comme en tout lieu

Elle offre ce trésor à sa main paternelle
Pour être constamment, à sa gloire éternelle :
    Hommage d'adoration,
    D'amour, de réparation ?...

    Ainsi la chère Sainte
    Reçoit du Sacré-Cœur
    La doctrine très sainte
    Qu'elle mit en vigueur.
    Voici d'un autre thème
    La touchante leçon :
    Ecoutons Jésus même
    S'expliquer !... Qu'il est bon !

« Je veux les Vendredis que la pitié t'afflige,
« Vers l'ombreux Golgotha que ton cœur te dirige :
    « Je veux te voir *trente-trois fois*
    « *Venir m'adorer sur la Croix ! !*
« Aux dispositions de ma Très Sainte Mère
« Sache t'unir ainsi !.. Pratique à Moi bien chère,
    « Et que l'Amour saura payer,
    « Mon Cœur en étant le foyer !

« Au pied de cette Croix, offre à mon divin Père
» Les souffrances du Fils, les larmes de la Mère,
    « Toujours au profit des pécheurs,
    « Des plus endurcis dans leurs cœurs. »
. . . .
C'est ainsi qu'elle apprit d'une leçon intime
Le secret de s'unir à la Grande Victime,
    Le secret d'être au Golgotha,
    Ce lieu que son cœur adopta !

Pour découvrir l'amour dans le Cœur de son Maître
Et le sien exciter à L'aimer, Le connaître,
 Le Golgotha, Gethsémani
 Tinrent son cœur au Maître uni
. . . .

 Il faudrait un second volume
 Pour citer bien d'autres leçons,
 Qui se pressent sous notre plume
 Et qui rendraient de bien doux sons.
 Leçons du Maître à la disciple,
 Leçons de cette élève à nous,
 Double matière qui se triple
 D'exemples merveilleux pour tous !

 Actes, vertus, écrits, parole
 Seraient bien doux à rapporter !
 Mais notre si modeste rôle
 Ne peut s'étendre à tout citer.
 De Jésus, de sa confidente,
 On voudrait tous mots recueillir,
 Les graver d'une plume ardente,
 De tendres baisers les fleurir,..

 Les enseignements du Bon Maître
 Renferment les plus doux secrets,
 Et tel récit qui doit s'omettre
 Fait éclater l'âme en regrets.
 Jésus, parlant de confiance,
 D'amour, de foi, d'humilité,
 Ou prêchant la Croix, la souffrance
 Oh ! de tous qu'Il soit écouté !

A genoux, près de Marguerite,
Recueillons du moins quelques-uns
De ces avis... car elle invite,
Toute âme à goûter leurs parfums.

« Oh ! regarde, ma douce fille,
« Si tu rencontras quelquefois
« Un père qui pour sa famille
« Montre l'amour que tu me vois... »

» Non jamais père le plus tendre
« A l'enfant qui lui doit le jour,
« N'a prouvé, c'est doux à comprendre,
« Comme Moi son ardent Amour.
« Mais, dis, quelle plus forte preuve
« En veux-tu de mon tendre Cœur ?...
« Parle... et tu l'auras toute neuve !
« Amour du Christ, Amour vainqueur !...

« Oh ! jamais ne cherche à combattre
« Contre Moi, ton céleste Ami...
« Mon amour ne peut en rabattre :
« Agirait-il en ennemi ?...
« Alors, que redonter, que craindre
« Entre les bras du Tout-Puissant ?
« Père, saurais-je te contraindre
« A quitter ce bras caressant ?...

« Donc, en ton Sauveur, confiance :
« Ne suis-je pas ta caution,
« La source de toute espérance

« Ta plus douce protection?...
« En toi mon règne pacifique
« S'est établi divinement.
« Qui peut troubler l'ordre angélique
« Qu'assure mon divin serment ?...

« Ce que tu peux souffrir et faire,
« Tu dois le mettre dans mon Cœur,
« Car je saurai pour te complaire
« En faire un baume de douceur.
« Baume divin, très pure essence,
« Qui constituera l'Aliment
« De ce feu dont en ma présence
« Ton cœur doit brûler constamment !

« En vierge prévoyante et sage,
« Ton grand soin sera tous les jours
« De tenir à parfait usage
« Ta lampe, aux mystiques parcours.
« Abrite-la du vent funeste
« Qui l'éteindrait fatalement...
« Eteinte... Ah ! se comprend le reste :
« S'éteindrait-elle impunément?...

« Ton cœur m'est un autel mystique
« Où je veux trouver des présents,
« Un sanctuaire séraphique,
« Où je veux des parfums ardents :
« Sacrifices qui désaltèrent
« Ma soif de l'Immolation,
« Unis à ceux qu'au Ciel portèrent
« Les douleurs de ma Passion !...

« En ton Cœur je veux un asile
« Pour m'y retirer à loisir,
« Alors qu'en un cœur indocile
« Je ne reçois que déplaisir...
« Mon Cœur trouve sa jouissance.
« A se voir aimé, désiré :
« Chaque fois j'y prends complaisance :
« Que le tien s'y sente attiré !

« Croyant, tu verras la puissance
« De mon Cœur si riche en amour,
« Le tien, abîme d'ignorance,
« Mieux s'en convaincra chaque jour.
« Ce que tu vaux, bien considère,
« Et tu verras que c'est de Moi
« Que te vient, malgré ta misère,
« Le peu de bien qu'on trouve en toi...

« Indignité, néant, poussière,
« Abîme tout dans ma grandeur ;
« Agir en ce vil grain de terre,
« Tel est le dessein de mon cœur.
« A tes yeux je veux te détruire
« Te rendre pauvre et pauvre rien,
« A néant teujours te réduire
« De ce projet naîtra ton bien ! »
. . . .
Jésus de sa Croix sainte
Préconisant le don,
Montre à la chère sainte
Ce gage de pardon,

Sous l'aspect tout aimable
De ses preuves d'amour.
Don inappréciable,
Clé du divin séjour :

« Cette Croix, cette Croix d'épines parsemée,
« Je l'aime tant, qu'il est impossible à mon Cœur
« De ne pas s'approcher de ceux qui l'ont aimée,
« De ces cœurs où je vois son stigmate vainqueur !

« Ecoute : En quelque lieu que tes yeux l'aperçoivent,
« Chaque fois que l'atteint ta généreuse ardeur,
« Ah ! qu'amoureusement tes deux bras la reçoivent ;
« De ma présence alors, goûte bien la douceur.
« Oui, garde-la, ma Croix, dans ta ferveur jalouse,
« Je veux la voir chez toi, l'y retrouver toujours,
« Tu dois l'avoir au cœur,.. et ma fidèle Epouse,
« Aura pour la porter mon aide et mon secours.

« Dans la Croix — pas ailleurs — tu sauras les délices
« De cet amour ardent qui sut m'unir à toi,
« Mais pour bien les goûter, aime les sacrifices :
« Au Calvaire sanglant l'âme se lie à Moi !... »

Oh ! comme elle devint savante
A l'école du Sacré-Cœur,
Comme elle y devenait brûlante
La sainte épouse en son ardeur !
Quelques accents, vrais jets de flamme
Extraits de ses pieux écrits,
Echos que jette sa belle âme,
Ici méritent d'être inscrits :

« La Croix m'est toute gloire
« — Dans le Cœur de Jésus,
« Délices, paix, victoire,
« Que rechercher de plus ?...

« Au cœur qui vraiment aime,
« Rien de plus désolant
« Que peu souffrir lui-même
« Pour ce Cœur tout brûlant !

« Que ma gloire soit toute
« Dans mon abjection
« Plus rien je ne redoute,
« Sous sa protection .. »

Enfin, d'une oreille pieuse
Ecoutons la préconiser
Autre assurance merveilleuse
Que nul ne peut assez priser.

L'âme qui se rendra la plus *humble* et docile,
Sera *le plus avant* dans le Cœur de Jésus...

La *plus pauvre* l'aura — possession facile —
Comme un don fait au sien toujours de plus en plus !
Celle que Dieu verra la *plus silencieuse*,
Il viendra l'*enseigner* dans le ravissement...
Celle qui se soumet *plus prompte* et plus joyeuse,
Le fera *triompher en elle* heureusement !
L'âme qu'Il trouvera *la plus mortifiée*
Il lui réservera ses plus tendres amours ;
Et *la plus charitable : Ame glorifiée !*
Celle-là restera : *La plus chère toujours !*

Il est bon, notre Dieu ! ! Moi, l'enfant de la terre,
Je soupire à ses pieds l'hymne de mon bonheur ;
Chante, chante ma lyre et trahis le mystère
D'amour... qui fait de moi l'enfant du Sacré-Cœur !
....
Ecoute, mon Jésus, ce cri de ta Clarisse :
Je l'ai jeté vers toi dans une nuit de Mai...
Et cette nuit pour moi fut pleine de délice :
Ton Cœur l'illuminait... oui... ton Cœur... c'est bien vrai :
....

CHANT DE CÉLESTE AMOUR

EN L'HONNEUR DU CŒUR DE JÉSUS

O JÉSUS !

La terre roule dans l'espace,
Au souffle du Dieu Créateur...
Seigneur, de ce monde qui passe,
Moi, je m'élance vers ton Cœur !...

Les Cieux racontent la puissance,
Et la gloire de leur Auteur,
Et moi, je n'ai de jouissance,
O Jésus, qu'à chanter ton Cœur !...

La mer voit son Dieu qui limite,
Son rivage et sa profondeur...
Pour moi pas l'ombre de limite,
Dans le domaine de ton Cœur !

Le papillon, dans le parterre,
Folâtre et baise chaque fleur...
Mais, déprise de cette terre,
Moi, je ne baise que ton Cœur !

L'abeille s'envole et butine ;
Petit insecte voltigeur,
Elle se loge en l'églantine,
Moi, je n'habite que ton Cœur...

L'oiseau chante en son nid de mousse,
Mais il peut craindre l'Oiseleur...
Et moi, de ma voix la plus douce,
Mon Dieu, je chante dans ton Cœur !

L'aigle veut fixer la Lumière,
De ses feux il cherche l'ardeur,..
Moi, je ne lève la paupière
Qu'en face de ton divin Cœur !

Le poisson dans le vaste abîme
En jouit comme possesseur...
Et moi, j'ai l'assurance intime
De posséder ton divin Cœur !

Cherchant une retraite sûre,
La biche fuit loin du chasseur...
Et moi j'entre par ta blessure,
Jusque dans le fond de ton Cœur !

Le cerf après une eau limpide
S'élance et court avec ardeur...
Et moi je veux, d'une âme avide,
Boire le sang du divin Cœur.

Le vent gémit dans la ramure,
Ou fredonne un air enchanteur...
Moi, tout heureuse, je murmure,
Les chants dédiés à ton Cœur !

Le brin d'herbe veut la rosée,
C'est son désir et sa douceur...
Et moi, par ta grâce arrosée,
Je me rafraîchis dans ton Cœur !

La plante pour grandir et croître
Veut du soleil, de la chaleur...
Moi, ta vierge, au fond de mon cloître,
Je vis de l'Amour de ton Cœur !

La fleur recherche la lumière
Qui lui donne vie et couleur,
Moi, je veux être l'héritière
D'un rayon de ton divin Cœur !

Le fleuve et ses eaux qu'il entraîne
Sont moins bouillants dans leur ardeur
Que mon âme... car rien n'enchaîne
Sa course vers ton divin Cœur !

Le ruisseau court à la rivière...
Mais moi je verse ma sueur,
Mes larmes d'amour, ma prière,
Dans le réservoir de ton Cœur !...

Dans l'azur l'étoile argentée
Projette sa douce lueur...
Mais l'œil de mon âme enchantée
Ne voit d'étoile que ton Cœur !

Le beau soleil sur notre monde,
Verse à flots lumière et chaleur...
Mais plus que le soleil m'inonde
Le feu d'amour du Sacré-Cœur !

Quelquefois la lune à Matines
Eclaire mollement le chœur...
Mais l'astre des clartés divines
C'est Toi seul, adorable Cœur !

Tout enfant appelle sa mère
Sous l'étreinte de la douleur...
Pour moi quand vient l'épreuve amère
Je cours me cacher dans ton Cœur !

Celui que le danger menace
Cherche quelque appui protecteur...
Et mon âme, en péril s'enlace,
Plus étroitement à ton Cœur !

La jeune fille se couronne
Des roses du parterre en fleur...
Mais moi je ne veux pour couronne
Que les épines de ton cœur !

Les mondains recherchent la joie
Et le plaisir souvent trompeur...
Moi je ne cherche d'autre voie
Que celle qui mène à ton Cœur !

L'ambitieux trouve sa gloire
Dans l'éclat, le faste et l'honneur...
Moi je ne trouve de victoire
Qu'à m'anéantir dans ton Cœur !

L'avare garde sa fortune,
Et sourit à l'or en vainqueur...
Moi, je ne veux richesse aucune
Hormis le trésor de ton Cœur !

Le soldat, sur le champ de guerre,
Fait des prodiges de valeur...
Et moi, dans l'ombre je préfère
Prendre d'assaut ton divin Cœur !

Le marin, sur la mer immense,
A son aimant pour conducteur...
Moi, je vogue avec confiance,
Sans autre guide que ton Cœur !...

Le repos, ses paisibles charmes
Font le désir du travailleur...
Moi je croirais digne de larmes
Tout repos pris hors de ton Cœur !

Tout affligé dans la souffrance
Veut un ami consolateur...
Moi, j'ai la céleste assurance,
De l'avoir en ton divin Cœur !

Le malade appelle à son aide,
Le médecin comme un sauveur...
Mais pour moi l'unique remède
Je le trouve en ton divin Cœur !

L'homme ici-bas veut en partage
La félicité... le bonheur...
Et moi déjà pour héritage,
J'en jouis au sein de ton Cœur !

L'ange aux pieds de l'Etre suprême
Peut se baigner dans la splendeur ?...
Mon Ciel à moi, mais c'est Toi-même,
Toi, mon asile, ô divin Cœur !

CHAPITRE XV

Comment les Mères de Saumaise, Greyfié et de Soudeilles se firent les hérauts de la dévotion au Sacré-Cœur. — Victoire complète du Cœur de Jésus au Couvent de Paray-le-Monial. — Marguerite-Marie et Madeleine des Escures s'embrassent dans l'Amour du Cœur de Jésus. — Le Tableau et la Chapelle du Sacré-Cœur. — Dernière Révélation. — Le Christ aime les Francs. — Louis XIV n'obéit pas au Cœur de Jésus, mais notre siècle lui a répondu : Patay, Loigny, Montmartre, Paray. — Le *Fulgebunt justi...* — *Tanquam scintillæ !...* — A mesure que paraît le soleil, disparaît l'étoile. — Du doux trépas de la Bienheureuse Marguerite-Marie. — Elle s'endort sur le Cœur de Jésus. — *Laus Deo !*

———

Tandis qu'au cher couvent de Paray l'on hésite,
A Dijon, à Moulins, à Semur-en-Auxois,
Les Visitations voient les âmes d'élite
Qui tenaient du pouvoir et le sceptre et la croix
Se faire tout d'un coup les apôtres zélées
De la dévotion à l'adorable Cœur !...
Elles parlent enfin !... leurs lèvres descellées
Trahissent des secrets... Leurs voix sont comme un chœur
Qui répond à ces chants d'amour et de lumière
Laissés dans les écrits d'un céleste partant :
Elles l'ont bien compris ce que La Colombière
A dit du Sacré-Cœur d'amour tout palpitant.

La Mère Greyfié, la Mère de Saumaise,
Entretenant toujours saintes relations
Avec sœur Marguerite, admiraient quelle thèse
D'amour lui confiaient ses « Révélations »,
Quand Dieu leur inspira de faire des merveilles
En publiant l'amour de l'adorable Cœur !
Une sœur de Moulins, la Mère de Soudeilles,
De cet apostolat partagea la grandeur...
Elles firent beaucoup, ces âmes favorites !
Du Sacré-Cœur on peut les nommer les hérauts :
Qu'ils doivent être grands leurs précieux mérites,
Et leurs trônes au Ciel, qu'ils doivent être beaux !
Parler du Sacré-Cœur, et publier son culte,
Lever le voile saint encore si tendu
Sur les saintes amours du triple drame occulte,
Et faire qu'à ce Cœur tout honneur soit rendu :
Voici la mission que Dieu donne à ces femmes !
Elles ont recueilli le testament sacré
Fait par la Colombière, et, brûlant de ses flammes,
Conviée à l'amour du Cœur de l'Adoré,
Par les lettres de feu de sa sainte voyante,
Leur âme n'a qu'un but : glorifier ce Cœur,
Faire connaître à tous sa plainte suppliante,
Le faire triompher de ce siècle moqueur,
Le faire rayonner comme un Soleil de grâce
Au travers des barreaux des Visitations...
Du Jansénisme froid il brisera la glace ;
Car ce foyer d'amour a de si chauds rayons !
De la France malade il guérira les plaies :
O France ! accepte donc ce divin Cœur à cœur !
Voici le Cœur de Dieu ! ! Ces paroles sont vraies :
Le Christ aime les Francs et sera leur vainqueur !

. . . .

Et la France tendit ses deux mains vers les grilles
D'où tombait dans ses bras étendus par amour
L'Image de ce Cœur, peint par de saintes filles,
Qui venait rajeunir ce terrestre séjour...
Sans doute murmura la France janséniste ;
Et l'enfer révolté fit entendre sa voix,
Mais de ce Cœur l'amour resta l'évangéliste
Et Jésus triompha par son Cœur et sa Croix...

La Mère Greyfié pour son couvent fit peindre
Un splendide tableau du Cœur de notre Dieu ;
Et puis, donnant l'exemple, on la vit, sans rien craindre,
Se vouer hautement, dans un élan de feu,
Avec son monastère à ce Cœur adorable ;
De plus, voulant offrir un suave présent,
Un charmant souvenir, à Marguerite aimable,
Elle fit copier le tableau séduisant,
Et, joignant à ce don douze belles Images
Que l'on fit à la main sous sa direction,
Elle envoya le tout, avec tous ses hommages,
A la sainte qui fut dans l'exultation !...

Apprenant tout cela, la Mère des Escures
Et les sœurs de son bord furent dans la stupeur.
Quoi ! Mère Greyfié changeait ainsi d'allures ?...
Elle ne doutait plus ?... Elle n'avait pas peur ?...

Après elle on pouvait, et sans se compromettre,
Devant le saint Tableau tomber à deux genoux...
Le signal est donné : c'est l'instant de soumettre
Les esprits et les cœurs à tant d'appels si doux !

La Mère Madeleine avec les Anciennes
Veut marcher sur les pas de Mère Greyfié,
On va les voir s'unir les sœurs Parodiennes [1],
A jamais leur couvent sera pacifié...
On peut le concevoir : il leur fut bien facile
De se faire approuver par la Mère Melin,
Laquelle souhaitait que le couvent docile
Ne formât plus qu'un cœur devant le Cœur divin.

On choisit un beau jour pour la fête si belle :
C'était un Vendredi... [2] Vendredi plein d'espoir...
Le matin, en entrant à la sainte chapelle,
Les sœurs voient au milieu du chœur un reposoir.
On s'approche... on admire... Une miniature,
(De celles qu'envoya la Mère Greyfié)
Représente le Cœur à la grande blessure,
Le Cœur du Dieu d'amour, du Dieu crucifié.
Puis un billet signé de Mère Madeleine
Apparaît attaché sur le bord de l'autel :
Il invite les sœurs d'une voix souveraine
A toutes se vouer au Cœur de l'Eternel...

....

---

[1] *Parodiens, parodiennes,* qualificatif des habitants ou habitantes de Paray-le-Monial.

[2] Le vendredi après l'Octave du Saint-Sacrement.

On ne résiste plus... les anciennes Mères,
Comme les jeunes Sœurs, tombent à deux genoux ;
Leurs âmes se mêlant autant que leurs prières,
Toutes vont consacrer leurs cœurs au Cœur si doux.

Mais plus beau que les fleurs, plus brillant que les cierges,
Etait ce don commun fait au Cœur de Jésus !
Et, comme pour sceller l'union de ces vierges,
Comme pour cimenter leurs splendides vertus,
On vit sœur Marguerite et la sœur Madeleine
S'embrasser tendrement et clore d'un baiser
La lutte des esprits... Indescriptible scène !
Tous les cœurs maintenant peuvent sympathiser,
Et se grouper joyeux autour de cette Image
Du Cœur sacré du Christ !... Bien plus, on décida
Qu'il fallait un tableau, d'un magnifique ouvrage,
Représentant ce Cœur... et puis l'on demanda
Qu'au plus tôt fût bâtie une sainte chapelle
Où serait exposé le tableau ravissant :
On voulait voir du Cœur la flamme toute belle,
Et sa rouge blessure et ses gouttes de sang...
On voulait que ce Cœur eût à lui sa demeure,
Son autel... et, surtout, que ce Cœur adoré
Fût loué, fût béni, chaque jour à toute heure,
Et l'on n'épargna rien pour le voir honoré.

Tels furent les débuts sur notre pauvre terre
Du règne universel du Cœur de l'Homme-Dieu :
Il s'annonça d'abord dans l'ombre et le mystère ;
Aujourd'hui triomphant il s'étend en tout lieu.

Rome, après un long temps, car Rome est éternelle,
A contrôlé les faits du grand drame d'amour
Et puis Rome a parlé de sa voix solennelle...
Rome l'a reconnu, Rome l'a dit un jour : [1]
La Vierge Marguerite est une Bienheureuse...
Elle qui sut jeter les ardeurs d'un grand feu [2]
Dans le cœur des chrétiens, saintement désireuse
Que tous brûlent d'amour pour le Cœur de leur Dieu.

Mais celle que devait chanter ainsi l'Eglise,
Se croyait tout indigne et disait simplement :
Qu'elle désirait bien par la mort être prise,
Que son bonheur serait l'anéantissement,
Si cette mort pouvait avancer le doux règne
Du Cœur de son Jésus... Pour elle, le mépris,
La mort... l'oubli toujours... mais qu'Il règne ! qu'Il règne
Le Cœur du doux Sauveur !... Oh ! qu'Il règne à tout prix !

---

[1] Le 18 septembre 1864, Pie IX béatifia l'Apôtre du Sacré-Cœur.

[2] « Et quamvis hæc Dei formula omnibus, dum in humanis ageret,
« virtutibus inclaruit, tamen ardentissimus, quo agebatur, in *Cor*
« *Jesu* amor studiumque impensissimum, quo ad illud redamandum
« omnium corda excitare satagebat, cæterarum veluti, virtutum com-
« pendium exstitit... » (Décret sur les miracles.)

Avec elle on croyait sa mission finie,
Lorsque Dieu la chargea sur le bord du tombeau
D'une autre mission pour la France bénie...
Or, quel était l'objet de ce mandat nouveau ?
Et que voulait Jésus dans son amour immense ?...

De tous seigneurs, Seigneur ! et de tous rois le Roi !
Le Sauveur désirait du Souverain de France
Un triple acte d'amour, d'espérance et de foi.
Et nunc Reges!!... Voici ce que Jésus demande :
Et intelligite... Comprenez son désir :
Il veut qu'à son Cœur soit la nation si grande !
Il veut de ses deux bras l'atteindre et la saisir :
La France est de son Cœur comme une fille aînée.
Oui, les Francs de Clovis et de Charles-le-Grand,
Les Francs de saint Louis, ô noble destinée,
Sont voués à Jésus, au Cœur qui les défend.

Ce Cœur veut s'introduire en la maison royale ;
Le Roi Louis XIV, est, par l'appel du Christ,
Fils aîné de son Cœur... donc, que ce Cœur s'étale
Sur tous ses étendards : La Sainte l'a compris,
Ce Cœur étincelant, ce Cœur aux si doux charmes,
Doit resplendir en grand sur l'Etendard français,
Il doit être gravé par le Roi dans ses armes,
Et régner dans son Cœur comme dans son palais...
Enfin Jésus voudrait que l'illustre Monarque
Bâtit un édifice à l'honneur de son Cœur,
Et que *là*, prince et cour lui donnâssent grand'marque
D'amour et de respect pour le Cœur du Seigneur...
. . . .

14

Hâte-toi donc, grand roi !... fais broder l'oriflamme,
C'est le Cœur de Jésus qu'appelle Saint-Denis...
Tes armes, trempe-les de son sang, de sa flamme ;
Ton cœur, assainis-le par ses contacts bénis...
Et nunc Reges... jadis — souviens-t'en — les Rois Mages
Offrirent à Jésus l'or, la myrrhe et l'encens :
A ton tour, chef des Francs, offre-lui tes hommages
En répondant sur l'heure à ses appels pressants...
Mêle ton or massif aux dentelles de pierre
Dont doit s'orner le front du temple demandé,
Toi-même sois un temple... un temple sans poussière,
Un temple par le Cœur de Dieu seul possédé...
Là, fais brûler l'encens et dépose ta myrrhe,
Fils aîné de l'Eglise et fils du Sacré-Cœur...
C'est toi, Prince français que Dieu veut bien élire
Pour promouvoir son règne et Le rendre vainqueur.
A l'horizon, vois-tu monter ce Cœur qui brille ?
Arrête-toi... regarde... adore ce Soleil...
D'un geste fais appel... et que la noble Fille...
De saint Louis par Toi, par ton royal conseil,
Que la France à genoux le salue et le voie
Ce Cœur... et qu'à deux mains elle offre à son Seigneur
Un Temple... pour causer à ce Dieu quelque joie,
Un Temple... illuminé des rayons de son Cœur...

. . . .

Hélas ! mon doux Jésus, vaine est votre demande :
Peut-être faisait-on trop de bruit à la Cour
Pour ouïr Votre Voix suave qui commande...
Peut-être le message édicté par l'amour
De votre aimable Cœur resta-t-il en souffrance
En d'infidèles mains ?... Vous le savez, mon Dieu :

C'est là votre secret... Louis, le roi de France,
Ne vous obéit point .. et Marguerite eut lieu
De gémir, de pleurer sur le bord de sa tombe,
Puisque l'ordre divin ne s'exécutait pas...
Elle avait peur que bas, bien bas, la France tombe,
Et pour elle souffrit jusqu'à son doux trépas...

Souffrances de la Sainte, ô larmes, ô prières,
Vous avez fécondé le royaume des Francs,
Et notre siècle voit aux palais et chaumières
Briller le Sacré Cœur aimé dans tous les rangs.
Là-haut, sur la colline, il s'élève un grand temple,
Où, la nuit et le jour, devant le Cœur sacré
La foule des croyants prie, adore et contemple...
Là, le Nazaréen voit son Cœur adoré !
Sonnez, bourdons d'airain et chante, « Savoyarde »,
Les mystères d'amour du drame de Paray :
Montmartre l'a conquise et Montmartre la garde
L'Image du doux Cœur... Son triomphe est si vrai !
Nous sommes tous à Lui : la France catholique
A consacré son cœur au Cœur de son Jésus :
Ces *deux cœurs* sont vivants dans cette Basilique
Où la terre s'unit au Ciel de plus en plus...

Et puis, tous nous savons qu'il est une bannière
Qu'ont teinte de leur sang les héros de Patay.
Le Sacré-Cœur y brille, et, malgré la poussière,
Malgré le feu, le sang des combats, à Paray,
On la revoit encore aux fêtes solennelles
Et l'on dit : Gloire au Dieu de Clotilde et Clovis
Au Cœur du Roi des rois, louanges éternelles

Puis : Vive de Charette ! et : Vive de Sonis !...
Salut, gonfaloniers : Le Parment et Troussures,
Henri de Verthamon et Jacques de Bouillé !
Le sang français coulant de vos larges blessures
Rougit votre bannière... il a même mouillé
Le Cœur sacré du Christ... ô taches glorieuses
Qui baptisez de sang cet Etendard nouveau !...
Ne vous effacez pas, macules radieuses,
Signatures de sang que porte le drapeau !...

Patay, Loigny, Montmartre et Paray : quatre étapes
Où s'arbore, bénit, l'Etendard de la paix !
Salut, Cœur de Jésus ! Gloire au Cœur qui se drape
Dans un lambeau soyeux taché de sang français :
O Cœur ! garde la France : elle est ta fille aînée,
Ta fille qui naquit aux champs de Tolbiac...
Tu souris à Clovis quand la nouvelle née
Reçut le saint baptême au sortir du bivac...
Daigne sourire encore à la France nouvelle :
A l'eau de son baptême elle a mêlé du sang
Pour te prouver, mon Dieu, qu'à ton Cœur qui l'appelle
Répond jusqu'en la mort le cœur du peuple franc !

O terre de Loigny, sur ton champ de carnage,
Tu les a vus tomber nos frères si pieux...
Mais leur regard mourant avait fixé l'Image
Du Cœur de Jésus-Christ qui les menait aux Cieux...

Le mystique parcours du Juste sur la terre,
L'itinéraire saint que lui trace son Dieu,
Le Sage l'a montré, délicieux mystère,
Sous l'emblême frappant d'un globe tout de feu...
C'est vraiment — nous dit-il — une grande lumière
Qui va croissant toujours jusqu'en son plein midi,
C'est le mystère saint d'une existence entière,
Réalisation du : *Fulgebunt Justi...*

Le *Fulgebunt Justi !!* parole qui rappelle
A la gloire des Saints autre comparaison,
Les montrant à nos yeux : douce Etoile immortelle,
Tanquam scintillœ... non sans bien juste raison !...

Au béni firmament de l'immortelle Eglise
Les Saints ne sont-ils pas des astres radieux
Que contemple à genoux notre masse surprise
Dans l'admiration de leurs traits glorieux ?

La Vierge de Paray fut une de ces gloires,
Une Etoile au cœur d'or dont les rayons brillants
Vont projeter partout l'éclat de ses victoires
Encor dans le secret pour nombre de croyants !
L'astre a jeté ses feux au cours de sa carrière,
L'étoile a rayonné dans l'ombre, en sa saison...
Maintenant que parait le Soleil de Lumière
Son diamant choisi s'efface à l'horizon...

Comme le Précurseur disait : « il faut qu'il croisse
Et que je diminue », ainsi dans son désert
Marguerite disait : « il faut que je décroisse
Et m'en aille au tombeau que je vois entr'ouvert »

Elle disait encor : « Je ne suis qu'un obstacle
A la dévotion de l'adorable Cœur...
« Il vaut mieux que je meure », et si vrai fut l'oracle,
Que bientôt vint un mal, cruel avant coureur
Du funèbre départ... Mais on n'y voulut croire :
« Ce n'était qu'un accès de fièvre et rien de plus ! »
Avait dit le docteur. Or, bien contradictoire
Fut l'avis de la Sainte... En termes absolus
Elle prédit sa mort aux Sœurs Visitandines
Lesquelles répondaient que monsieur Billiet [1]
Aurait raison du mal par quelques médecines...
De fait, le bon docteur, nullement inquiet,
Affirme qu'on a tort lorsque l'on se tourmente.
« Je réponds de la sainte ; elle n'en mourra pas ! »
Marguerite sourit : « Vaut-il pas mieux que mente
Reprend-elle, et surtout en face du trépas,
Un simple séculier qu'une Religieuse ?... »
Puis, pressant sur son cœur son petit crucifix,
Elle semblait lui dire en son âme joyeuse :
Mon crucifix des vœux, toi seul tu me suffis...

L'éternel cœur à cœur, là-haut, dans la Patrie,
Le rendez-vous des Cieux loin du sombre Ici-bas ;
Voilà ce que voulait Marguerite-Marie
Et ce qu'elle voyait au-delà du trépas...

Elle communia, non pas en viatique,
Car toujours l'on disait *qu'elle ne mourrait point*.

Le médecin du Monastère.

Mais elle, recevant cette Manne angélique,
Savait bien recevoir le Viatique saint...
Dans ce dernier baiser dont l'honorait l'Hostie,
Elle attendit en paix le baiser de la mort :
Que craindre, après avoir reçu l'Eucharistie
Et fixé dans le Cœur d'un Dieu son heureux sort ?...

« Vous souffrez ? » lui dit-on. « Pas assez ! » reprit-elle.
Et puis elle ajouta : « Quel bonheur d'aimer Dieu ! »
Ses élans trahissaient l'âme toujours fidèle
Qui, brisant ses liens, s'envolerait sous peu !...

Un court instant — dit-on — la terrible pensée
Des Jugements de Dieu vint assombrir son front...
Elle trembla... frémit... et parut harassée...
Ce ne fut qu'un éclair .. et le calme profond
Reparut sur ses traits : « *Mon Dieu ! miséricorde !* »
Avait dit simplement la Vierge de Jésus,
Et des cruels démons la ténébreuse horde
S'enfuit comme en déroute et ne reparut plus !
. . . .
Elle était là, paisible et si belle, étendue
Sur son lit de douleur comme sur une Croix !...
Dans le Cœur de Jésus elle semblait perdue.
Lorsque la mort toucha la fleur du divin choix...
. . . .

« Notre Sainte se meurt... elle entre en agonie »,
Tel est le cri navrant qui remplit la maison...
Et la douce famille, en hâte réunie,
Suit de sa blanche fleur la triste effeuillaison.

Sous les coups de la mort tombe la chair mortelle :
Mais l'âme vers Jésus va s'envoler. Hélas !
Point de fleur ici-bas ne demeure éternelle,
Mais, dans l'Eternité, les fleurs ne meurent pas...

Le médecin, le prêtre accoururent bien vite :
La mourante voulut les saintes Onctions...
Mais à la quatrième on vit Sœur Marguerite
Expirer doucement et sans convulsions.
Jésus ! ce doux nom fut sa dernière parole ;
Sur sa lèvre fermée il resta comme un sceau,
Et déjà l'on croyait voir comme une auréole
Donner à son front blanc un reflet tout nouveau...
. . . .
C'était un soir d'octobre [1] à l'heure où, dans le sombre,
Sous le souffle d'automne on voit dans nos pays
Le chrysanthème en fleur se rendormir dans l'ombre,
Et les oiseaux se taire au profond de leurs nids...
. . . .
Marguerite avait fui le terrestre parterre
Pour refleurir là-haut dans l'éternel printemps :
Ses chants étaient finis sur notre pauvre terre :
Là-haut, l'Eternité récompense du temps...
. . . .

LAUS DEO !!

[1] 17 octobre 1690.

NOTA. — La chère sainte s'endormit dans le Cœur de Jésus en la 44ᵉ année de son âge. Dès que se répandit à Paray la nouvelle de sa mort bienheureuse, toute la ville s'en émut, et chacun, spontanément, rendit hommage à son indubitable sainteté : *La sainte est morte ! La sainte est morte!* » disait-on de toute part. Les enfants même criaient aussi : « *La sainte des saintes Maries est morte.* »

Inhumées à part dans la sépulture du Monastère, les dépouilles mortelles de cette grande Servante de Dieu furent dès lors l'objet d'une pieuse vénération dont le sentiment ne fit que se développer et s'accroître. « On y eut — est-il dit — un perpétuel recours pour obtenir des grâces de toutes sortes », et des faveurs vraiment miraculeuses vinrent tout aussitôt encourager et confirmer cette tendre confiance.

En 1715 s'inaugura la procédure des travaux ecclésiastiques pour l'instruction de la cause de l'humble Visitandine de Paray-le-Monial, travaux que les malheurs de l'Eglise contraignirent d'interrompre pendant longtemps et qui ne purent se reprendre qu'après l'orage de la Révolution.

Marguerite-Marie, l'apôtre choisie du Sacré-Cœur, fut déclarée *Vénérable* le 30 mars 1824 et béatifiée par Pie IX le 18 septembre 1864.

Les ossements sacrés de la chère Bienheureuse sont l'inappréciable trésor de sa famille religieuse comme la série de ses privilèges demeure son immortelle gloire et son crédit sa protection. Sous la calme impression de l'effigie en cire qui renferme ces ossements précieux, la « Vierge du Sacré-Cœur » semble délicieusement tressaillir dans le lieu de son repos, en face de la réalisation continue de cette parole de triomphe : *Il régnera malgré ses ennemis...*

La chapelle de la Visitation de Paray-le-Monial, lieu béni des Apparitions du Sacré-Cœur, est un centre d'amour qui attire les âmes ; et Marguerite-Marie, l'apôtre élue du Divin Cœur, semble savourer dans le bonheur et le silence chacune des joies de ses divins triomphes et dire à quiconque vient la contempler dans sa chasse d'honneur : « Je me repose à l'ombre de celui que j'ai désiré et combien sont doux à mon Cœur les fruits que *le Sien* me présente !... *Sub umbra illius quem desideraveram sedi, et fructus ejus dulcis gutturi meo.*

TABLE DES MATIÈRES

BIBLIOTHÈQUE ... RÉES

DU MÊME AUTEUR

———

Le Mois du Divin Epoux, format in-12 — Prix : **3** fr.;
franco, **3** fr. **50.**

De la Terre au Ciel ou 12 séries d'exercices pour la
Retraite du mois, 2 volumes in-12. — Prix : **5** fr.;
franco, **5** fr. **80.**

Histoire de Philippa de Gueldre, 2 volumes in-8°. —
Prix : **7** fr.; *franco,* **7** fr. **85.**

Le Poème de Saint Antoine de Padoue. — Prix :
3 fr.; *franco,* **3** fr. **45.**

**Histoire poétique de la Bienheureuse Isabelle de
France, sœur de saint Louis.** — Prix : **1** fr. **80;**
franco, **2** fr.

———

*Tous ces Ouvrages se trouvent au Monastère des
Clarisses de l'Ave-Maria, rue des Clarisses, Talence (Gi-
ronde), et à Paris, librairie Vic et Amat, 11, rue Cas-
sette.*

Bourg, imprimerie Villefranche. — 649-96

www.ingramcontent.com/pod-product-compliance
Lightning Source LLC
Chambersburg PA
CBHW070513030726
47503CB00004B/1256